Uwe Timm

Nicht morgen, nicht gestern

Erzählungen

Kiepenheuer & Witsch

1. Auflage 1999

Die Erzählung »Das Abendessen« ist zuerst erschienen in:
»Das literarische Bankett«, hg. von Heinz Ludwig Arnold
und Christiane Freudenstein, Leipzig 1996

Umschlaggestaltung und Umschlagfoto:
Klaus Oberer, München
Gesetzt aus der Walbaum Standard (Berthold)
bei Kalle Giese Grafik, Overath
Druck und Bindearbeiten:
Graphische Betriebe Pustet, Regensburg
ISBN 3-462-02801-4

Für Hanne Lore Timm

Inhalt

Das Abendessen

Ich habe sie gleich wiedererkannt. Ich war etwas früher zu den Gates im Kennedy-Airport gegangen, in die Rauchersektion, wo ich sie sitzen sah, diese noch immer zierliche Frau, älter geworden war sie, natürlich, hatte sich sonst aber kaum verändert, auch das Haar hatte noch diesen leuchtend kastanienbraunen Ton. Dabei mußte sie, wenn ich richtig rechnete, 46 sein. Sie trug Jeans, ein weißes langärmeliges Hemd, darüber ein ausgewaschenes, blaues kurzärmeliges T-Shirt. Neben dem Sessel stand eine große Fototasche. Sie las in sich versunken ein amerikanisches Taschenbuch, dessen Titel ich nicht erkennen konnte, und hin und wieder führte sie ohne aufzublicken die Zigarette zum Mund, rauchte langsam, ohne jede Gier, eher beiläufig, und doch lag eben darin etwas betont Lustvolles. Getroffen hatte ich sie nur einmal, bei einem Abendessen, vor knapp zwanzig Jahren, allerdings das merkwürdigste Abendessen, das ich erlebt habe. Sie und ihr Mann hatten uns eingeladen, Gisela und mich. Das mit Gisela war eine dieser kurzen Freundschaften, die – es waren die freizügigen siebziger Jahre – schnell geschlossen wurden und sich ebenso schnell und meist problemlos wieder auflösten. Gisela war mit Renate befreundet. Von Renate, genannt Princy oder auch Princess, hatte ich schon vorher viel gehört. Ein damaliger Freund, Lionel, der wie Renate Kunstgeschichte studierte, beschrieb sie mir als wunderschön, aber schwer erträglich. Sie hat immer eine kleine Stofftasche bei sich, darin ein Kissen, das sie sich auf die Bänke in der Uni, aber auch auf Stühle und Sessel legt, nicht etwa wegen eines Bandscheibenschadens, sondern um etwas höher zu sitzen. Und dann gibt sie, wenn man mit ihr unterwegs ist, irgend jemandem diese Stofftasche kurz zum Halten und vergißt sie regelmäßig in der Hand des anderen, so daß ihr immer jemand diese Tasche nachträgt. Eine Prinzessin auf der Erbse. Perfekt, sagte Lionel, äußerlich perfekt, ja wunderschön, sehr zart, aber eben auch mit diesem Selbstverständnis ausgestattet, zerbrechlich zu sein. Wie diese Stofftasche trägt sie auch einen Anspruch mit sich herum: Ihr andern seid erschienen, mich fürstlich zu bedienen. Prinzess. Und nun hat sie auch noch ihren Frosch gefunden. Ramm heißt der Typ, sagte er, hat Geld und eine Glatze, ist sonst aber behaart wie ein Orang Utan.

Wart ihr mal schwimmen?

Nein, aber seine Hemden sind für seinen Bauch immer zu knapp geschnitten, also drängt sich zwischen den Knöpfen das Bauchfell durch, rötlichbraun, das Fell eines Yetis. Lionel hatte, als er mir das erzählte, schon einiges getrunken, und seine Erregung über Ramm und Renate bestätigte den Verdacht, daß er sich ziemlich in sie verliebt hatte.

Nein, sagte Gisela, die Renate am besten kannte, sie ist ganz anders, sehr konsequent, aber eben zugleich wirklich hilflos, wie von einem anderen Stern.

Ich war also neugierig auf die beiden, auf Renate wie auf Ramm. Sie hatten erst vor drei Monaten geheiratet und gerade eine Altbauwohnung mit sechs Zimmern in Eppendorf bezogen. Eine übergroße Wohnung für zwei Personen. Die Wohnung war grundrenoviert, die Stukkatur säuberlich ausgekratzt, es roch nach Farbe. Zimmer von einer ruhigen weißen Leere, ein Tisch, schwarz, die Stühle ebenfalls schwarz, die Sessel schwarze Lederwürfel von Corbusier, mit Chromspangen versteift, an der Wand etwas Abstraktes, Rot und Blau waren über eine Leinwand heruntergesuppt.

Renate war, wenn ich mich recht entsinne, gerade 24 geworden, sah aber aus wie siebzehn. Alles an ihr war zierlich, die Beine, die Finger, die Hände, die Ohren, die Ohrläppchen, der Hals, Nase, und alles stimmig, tatsächlich makellos, man suchte regelrecht nach einem störenden Detail, hätte sie wenigstens einen schiefen Schneidezahn gehabt, aber sogar die Zähne waren ebenmäßig. Lediglich die Stimme irritierte, so tief, wie sie war. Sie paßte einfach nicht in diesen zierlichen Körper. Auch das Lachen nicht, ein dunkles, eigentümlich rauhes Lachen. Ich mochte dieses Lachen, denn es ließ mich jedesmal wieder aufhorchen. Wenn wir alle lachten, hörte ich immer nur ihr Lachen. Und wenn ich sie ansah, war es, als lachte, warm und lebendig, eine dieser Schaufensterpuppen, die damals als perfekt plastifizierte Mädchenfrauen die Kaufhausschaufenster bevölkerten. Ich gab mir denn auch an dem Abend die größte Mühe, Renate zum Lachen zu bringen.

Ramm war viel älter als sie, fünfundvierzig, also für uns damals, die wir Mitte Zwanzig waren, uralt. Das Seidenhemd spannte sich über seinen Bauch, und tatsächlich war ein Knopf aufgesprungen, und ein paar dunkelbraune Haare lugten hervor. Ramm hatte etwas schütteres Haar, aber keineswegs eine Glatze, wie Lionel behauptet hatte. Warum ausgerechnet den, hatte Lionel immer wieder gefragt, diesen Yetifrosch.

Der Grund ist doch ganz einfach, hatte Gisela gesagt.

Da bin ich aber gespannt!

Sie langweilt sich nicht mit ihm. Ramm ist witzig und für jede Überraschung gut. Außerdem kocht er hervorragend. Und er legt ihr alles, sich selbst sogar, zu Füßen.

Ramm war freundlich, souverän, mit einem guten Sinn für Komik und Selbstironie. Er kam viel in der Welt herum, arbeitete in einem Büro für Unternehmensberatung, das auch international agierte. Wir erzählten von Professoren, Seminararbeiten und Hörsälen, während er gerade aus New York zurückgekommen war. Schon eine Taxifahrt durch Manhattan brachte mehr Stoff als ein Monat an der Uni in Hamburg. Damals, Mitte der siebziger Jahre, war es an den Hochschulen wieder ruhig geworden, keine Streiks mehr, keine Institutsbesetzungen, keine Wasserwerfer vor dem Philosophenturm. In dem grauen Betonklotz gingen die Leute wieder ihren Studiengängen nach, wenn sie nicht an Selbstmord dachten.

Er habe, erzählte Gisela, auf einem der sonst so faden Sonntagsspaziergänge Renate gefragt, ob sie ihn heiraten wolle, und als sie antwortete, bist du verrückt, habe er ja gesagt und sich ausgezogen – es war Winter, einer der seltenen schneereichen Winter in dieser Stadt – und sich auf dem Alsteruferwanderweg vor ihren Augen nackt im Schnee gewälzt. Willst du mich heiraten? hatte er gerufen, immer wieder: Willst du mich heiraten? Erst hatte sie nur gelacht und dann schnell ja gesagt, denn Spaziergänger näherten sich, eine Familie mit drei Kindern und Hund.

Außerdem – die treibende Kraft kleiner, doch sehr konkreter Wünsche ist nicht zu unterschätzen – hatte sie sich schon immer eine große Altbauwohnung gewünscht. Als Kind sei sie in so einem langen Wohnungskorridor Rollschuh gelaufen, ihr Vater war früh gestorben, und ihre Mutter mußte mit Renate in eine kleine Neubauwohnung ziehen.

Mach du doch bitte den Wein auf, sagt Ramm zu mir und reicht mir vorsichtig eine Flasche aus dem Holzregal. Diamond Creek 1973, aus Kalifornien, ein Cabernet Sauvignon. Und du, Renatekind, sagt Ramm, wenn du schon mal bitte die Rotweingläser hinstellst.

Und Renatekind reckt sich, stellt sich auf die Zehenspitzen, die spitzen Absätze der Pumps heben sich, der Minirock zieht sich noch weiter über die zierlichen Oberschenkel hoch, sie streckt den braungebrannten Oberarm aus, und der tiefausgeschnittene Blusenärmel gibt den Blick auf die kleine, zart weiße Brust frei, ihre Hand streckt sich, die Finger kommen dennoch nicht an die Gläser. Sie hätte jetzt einen Stuhl heranziehen und hinaufsteigen können, aber sie blickt sich hilfesuchend um, da sagt Gisela, die gute einsachtzig mißt und im studentischen Ruderclub als Schlagfrau im Vierer ohne Steuermann schon mehrere Preise auf der Alster geholt hat: Komm, laß mich mal ran, und Gisela greift in den Schrank und holt die Gläser heraus. Ramm hatte uns nach einem extra trockenen Oporto in die Küche dirigiert, eine dieser Küchen, in denen man zu zehnt sitzen kann und die nach dem letzten technischen Stand eingerichtet war, alles glänzte, strahlte. Nur manchmal, sagt

Renate, wenn Ramm kocht – sie nannte Ramm nur beim Nachnamen –, riecht es so nach Horn.

Nein, sagt Ramm, das ist nicht Horn, das ist Lack, aber ein Naturlack. Hab ich extra drauf bestanden. Wenn wir erst ein paarmal gekocht haben, verliert sich der Geruch.

Vielleicht liegt es doch an der Platte. Vielleicht hättest du doch eine Mikrowelle einbauen lassen sollen, sagt Renate.

Nein, sagt er, die lehne er ab, prinzipiell. Alles wird beschleunigt, auf der Straße, in der Luft, im Büro, in den Beziehungen, da muß man sich wenigstens beim Kochen Zeit nehmen. Leider gibt es kein Gas hier. Nur auf einer Flamme kann man präzise kochen. Dafür zeigt er uns eine technische Neuheit, brandneu, wir bestaunen einen Elektroherd mit einer durchgehenden Keramikplatte, darunter leuchten glührot die Heizringe. Ein Material, sagt Ramm, das bei den milliardenschweren Anstrengungen, einen Fuß auf den Mond zu kriegen, abgefallen ist. Ramm hat etwas von Eric Clapton aufgelegt und klopft den Takt mit einem Holzkochlöffel auf die schwarzgranitene Anrichte. Erst muß die Platte heiß werden, und zwar richtig, erklärt er uns, dann die Pfanne draufstellen, ebenfalls richtig heiß werden lassen. Er holt das Kartoffelgratin aus dem Ofen, zwei Mickey-Mouse-Topflappen, heiß! heiß!, stellt die Schüssel auf den Tisch. Da, sagt Renate, die nie kochte, gar nicht kochen kann, aber wie sie von sich behauptet, eine gute Nase hat: Sag mal, das riecht doch schon wieder nach verbranntem Horn. Etwas zischt auf der Herdplatte und verdampft.

Ramm geht, schaut nach, nein, nichts, vielleicht ein Stück Käse vom Gratin.

Sonderbar, sagt Renate, schon gestern und vorgestern, immer wenn wir kochen, zischt es. Und dann jedesmal dieser widerliche Geruch nach verbranntem Horn.

Wir sitzen, trinken Diamond Creek, und ich erzähle, während Renate vom Gratin nascht, von einem Onkel, der die Kartoffelsorten herausschmecken konnte, von dem ich jedesmal erzähle, wenn es ein Kartoffelgericht gibt. Alle schmecken dann und versuchen den Geschmack der Kartoffel zu beschreiben. Wie schmeckt die Clarissa? Die Sprache reicht da einfach nicht aus. Ramm sitzt nachdenklich, schmeckt und schmeckt, sagt, allerdings haben wir Knoblauch dran, das überdeckt natürlich den Geschmack, und er trommelt wieder mit den Zeigefingern den Takt auf den Küchentisch, und vom Herd ist ein kleines Ploff zu hören, und wieder riecht es nach verbranntem Horn. Sonderbar, sagt Renate, nascht von dem Kartoffelgratin, das riecht schon wieder nach Horn. Sie kaut. Ekelhaft. Und wieder macht es Ploff und wieder.

Da, schau mal, sagt Gisela, was da kriecht. Alle springen auf, da kommt schon die nächste durch den edelstahlverkleideten Rauchabzug direkt über dem Herd, fällt auf die Herdplatte, eine dicke fette

Kakerlake, marschiert zielstrebig auf die Kochplatte los, auf diesen leuchtenden Kreis zu, zögert, rennt los, wie von der rotglühenden Platte angezogen, wird aber immer langsamer, so als müsse sie durch einen Sumpf waten, in den sie auch tatsächlich einzusinken scheint, dann, einen winzigen Augenblick nur, wölbt sich der Chitinpanzer auf, es macht dieses kleine Ploff, und ein Rauchwölkchen steigt auf, der Gestank nach verbranntem Horn. Renate sieht uns an, mit ihren tief entsetzten blauen Kinderaugen, ja, hilfesuchend blickt sie kurz mich, dann Ramm an und reißt die Hand vor den Mund, springt auf, stürzt los, durch den Gang, wir laufen hinterher, rufen Renate! warte! Sie kotzt, sie kotzt einen verwackelten Strahl rechts und links an die schneeweiße Wand, den ganzen langen Korridor entlang, den sie so liebt, weil er sie an das Rollschuhlaufen erinnert, sie stürzt in die Toilette, schließt sich ein.

Ramm klopft vorsichtig an die Tür: Renatekind! komm raus, ruft Ramm. Hörst du. Ist doch nicht so schlimm. In Afrika essen einige Stämme dauernd Kakerlaken. Eine gute Proteinquelle.

Von innen wird das mit überlauten Kotzgeräuschen beantwortet, dann folgt ein mitleiderregendes Röcheln.

Ramm klopft zart mit dem Fingerknöchel an die Toilettentür: Komm, Renatekind, mach auf. Ich wisch dich ab. Einen Moment ist es still, und in diese Stille hinein sagt Ramm, ein Indianerstamm in Kalifornien treibt Heuschrecken auf einen Kreis glühender Kohlen, die rösten die Heuschrecken, um sie sodann genußvoll zu verspeisen.

Abermals Würgegeräusche.

Kommt, sagt Ramm zu uns, sie ist da etwas empfindlich. Wir setzen uns wieder in die Küche. Ramm sagt, ich habe Kakerlaken gesehen, so groß wie Mäuse, in New York, in einem Luxushotel, dagegen sind dies hier kleine possierliche Tierchen.

Mögt ihr, er hielt ein Steak mit der Gabel hoch. Ich nicke tapfer, Gisela sagt mit der Bestimmtheit der Viererschlagfrau: Nein.

Verstehe. Er legt zwei Steaks in die Pfanne. Es zischt. Nie das Fleisch vorher salzen, das zieht den Saft raus. Erst muß die Oberfläche sich schließen. Darum muß die Pfanne sehr heiß sein. Ich starre auf den Rauchfang. Sonderbarerweise kommt keine Kakerlake mehr aus dem Rauchfang, obwohl jetzt noch der Geruch nach gebratenem Fleisch hochsteigt.

Kakerlaken sind äußerst vielseitige Tiere, können fliegen, laufen, tauchen. Ich glaube, sagt Ramm, die kommen nur, wenn man klopft. Warten regelrecht darauf, daß sie gerufen werden.

Die sind abgerichtet. Wißt ihr, warum?

Keine Ahnung, sage ich, während Gisela immer noch gebannt auf den Rauchfang starrt. Sie hätte jetzt einfach aufstehen und auf den Balkon gehen können. Sie hätte sagen können: Ich schöpf mal frische Luft.

Die Tierchen haben in den achtzig Jahren, seit das Haus steht, einen eigenen hausspezifischen Gencode entwickelt, der eben auf dieses Klopfen zähen deutschen Rindfleisches reagiert. Die wußten, es klopft, also gibt es etwas zu fressen. Da wurden erst von den Köchinnen, dann von Hausfrauen die Schnitzel weichgeklopft, all die Jahre, da gab es was zu essen, und dann kamen sie kritze kratze anmarschiert, ließen sich runterplumpsen, dort unten standen früher nämlich die Abfalleimer. Ramm nimmt die Steaks vom Herd, legt eines auf meinen Teller, schneidet es an, rot das Fleisch, noch blutig. Gut so?

Ja, sage ich heroisch.

Er stellt die Pfanne in den Abwasch, geht zur Anrichte, klopft mit dem Löffel kurz den Clapton-Rhythmus mit, und tatsächlich kommt sogleich eine Kakerlake, wie herbeigerufen, purzelt auf den Herd, rennt los und verwandelt sich in Rauch.

Gisela steht auf, nicht so hektisch wie Renate, aber doch zielstrebig, geht, nein, läuft aus der Küche.

Ramm ißt mit Genuß sein Steak, nickt beim Kauen bestätigend mit dem Kopf. Ich zwinge mich, nicht zum Herd zu blicken, sanft schneidet das Messer ins Fleisch, in das dunkle Braun, dann Grau, schließlich Rot, aus dem noch etwas Blut sikkert. Die sitzen natürlich im Luftschacht, da kannst du streichen, wie du willst, kannst alles mit Stahl und Chrom bepflastern, die sitzen im Hausgedärm und freuen sich. Womit sie nicht rechnen, das ist diese tückische Platte, lassen sich wie eh und je fallen, in all die schönen Abfälle, statt dessen landen sie auf dieser warmen Fläche, laufen los auf ihren Füßchen, gleiten wie auf Glatteis, nur daß es plötzlich heißer wird und heißer, und schon kleben die Füßchen fest, rennen weiter, die Füßchen schmelzen, sie wollen mit ihren Stummelflügeln auffliegen, aber da ist es schon zu spät, die Flügel von der Hitze verklebt – und dann machts nur noch ploff.

Willst du nichts vom Gratin?

Nein, danke.

Gisela ruft von der Wohnungstür: Ich muß an die frische Luft. Sie schlägt die Tür hinter sich zu. Ihr müßt, sagt Ramm, mal mitkommen, nach Lagos, und zeigt mit gespreizten Fingern die Kakerlakengröße, die wachsen, je nachdem, wieviel sie fressen. Aber da ist Gisela schon draußen.

Schade.

Auch ich sage, schade, höre von fern das Weinen, nein, das Wimmern aus der Toilette.

Ich rufe: Tschüs, Renate, aber als Antwort ist nur erneutes Würgen zu hören.

Ich laufe die Treppe hinunter und atme tief durch. Gisela steht da und wartet. Die Straße ist erfüllt vom Duft der blühenden Linden.

Eine Woche später erzählte mir Gisela, Renate sei aus der Wohnung von Ramm ausgezogen. Kurz darauf ging ich nach München und Gisela nach Berlin. Seitdem haben wir uns nicht mehr gesehen.

Das Signallicht zum Einsteigen leuchtete auf, kurz danach sagte eine Lautsprecherstimme, die Maschine nach Frankfurt sei zum Einsteigen bereit. Ich sah, wie Renate das Buch wegsteckte, aufstand, ihre schwere Fototasche nahm und ganz selbstverständlich schulterte. Ich ging zu ihr, genaugenommen nur, um ihre Stimme zu hören, diese eigentümlich tiefe Stimme. Renate?

Ja, sagte sie mit dieser tiefen Stimme, und sie sah mich an, suchte in meinem Gesicht ratlos nach jemand Bekanntem.

Wir haben uns einmal bei einem Abendessen gesehen, damals in der neuen Wohnung, die Sie gerade mit Ihrem Mann bezogen hatten. Das war so eine merkwürdige Geschichte mit den Kakerlaken.

Ach herrjeh, sagte sie, mit dieser tiefen Stimme, und lachte ihr eigentümliches rauhes Lachen. Dann haben Sie ja gerade das Ende meiner kurzen Ehe erlebt. Vielleicht können wir uns zusammensetzen, sagte sie. Aber ich saß mit meinem Billigflugticket in der Economy-Class, und sie flog Business-Class. Zwei verschiedene Eingänge trennten uns beim Einsteigen.

Nach dem Essen und nachdem der Film *IQ* gezeigt worden war, kam Renate in die Economy-Class, setzte sich neben mich. Sie fragte, was ich mache. Und ich fragte sie nach Gisela. Haben Sie keinen Kontakt mehr? fragte sie.

Nein, damals, kurz nach dem Abendessen, bin ich nach München gegangen.

Gisela ist Kinderärztin in Berlin, sagte Renate, allerdings habe sie Gisela nun auch schon seit einigen Jahren nicht mehr gesehen.

Und was machen Sie?

Ich fotografiere. Ich bin Fotografin geworden. Nach dem Magister hab ich angefangen zu fotografieren, habe eine Fotoschule in Paris besucht.

Als sie mir ihren Nachnamen nannte, den Mädchennamen, den sie wieder angenommen hatte, war ich überrascht, denn ich kannte den Namen. Ich hatte schon Fotos von ihr gesehen, nur hatte ich bis dahin diesen Namen nicht mit ihr, die ich als Renatekind kennengelernt hatte, in Verbindung bringen können.

Sie reist durch die Welt und fotografiert für *Time Magazin*, *Life*, *Vogue*, *Du* und *Geo*, Künstler, Musiker, Politiker, sie reist durch Städte, Dschungel und Wüsten. Unvorstellbar, wenn man sie damals erlebt hatte: diese betont hilflose Haltung allen Dingen gegenüber. Und so wie Gisela sie mir beschrieben hatte, ohne jede Gehässigkeit, sondern eher mit einem leisen Mitleid: Bei Überweisungen konnte sie gleich drei Postbeamte mit dem Ausfüllen des Formulars beschäftigen. Sie stand derart verzweifelt vor ihrem Fahrrad, die Luftpumpe in der Hand, daß sich ein Auflauf von Männern bildete, die sich darum rissen, ihren Reifen aufzupumpen. Lionel behauptete, sie sei faul, eine zielgerichtet eingesetzte Ungeschicklichkeit, die ihre Faulheit geschickt tarne. Aber Gisela sagte, nein, sie ist so. Das ist nicht Faulheit. Sie ist eben wirklich sehr zart und einfach hilflos. Der Lionel hat bei ihr nie landen können. Denn das ist sie auch, sagte Gisela, sehr konsequent.

Diese Geschichte, sagte sie, damals, mit den Kakerlaken, war ganz wichtig. Danach konnte ich jahrelang kein Kartoffelgratin mehr essen. Aber auch das hat sich gegeben, und inzwischen habe ich auch gesehen, wie Heuschrecken geröstet und gegessen werden, habe sogar ein ganz gutes Foto davon gemacht. Allerdings selbst eine zu essen, das hab ich dann doch nicht gebracht.

Es war für mich damals der Ausbruch aus der Ägyptischen Gefangenschaft. Ramm tat bis dahin alles, wirklich alles, was ich von ihm verlangte. Wenn ich sagte, ich will heute allein schlafen, dann legte er sich nicht ins Gästezimmer, sondern bat mich, daß er sich in den Schlafzimmerschrank setzen dürfe, um wenigstens meinen Atem zu hören. Gut. Er setzte sich in den Schrank. Die ganze liebe lange Nacht hockte er im Schrank. Er wollte mich doch atmen hören. Und er hat dann natürlich auch nicht geschlafen. Aber zwang mich dadurch, wie ich dann merkte, ebenfalls nicht zu schlafen, denn ich hatte immer Angst, ich könnte, was ich sonst, soweit ich weiß, nicht tue, schnarchen. Diese Vorstellung. Er sitzt im Schrank und hört mich schnarchen, ließ mich einfach nicht einschlafen, so daß ich mich immer fragte, soll ich nicht einfach sagen, komm ins Bett? Aber eben das wollte ich nicht.

Morgens ging er in sein Büro, unausgeschlafen, genaugenommen fix und fertig, ging aber und blieb bis in den Abend und prüfte die Produktionsabläufe der Firmen. Ich weiß nicht, was. Hat mich auch nie interessiert. Es ging immer darum, etwas einzusparen: Leute, Zeit oder einfach nur Geld. Er kam an solchen Tagen, wenn er die Nacht zuvor im Schrank gesessen hatte, nach Hause, und brachte einen karmesinroten, olivgrünen, preußischblauen, bimssteingrauen Seidenschlüpfer mit, auch Korsagen, Tops – ich hätte damals eine Lingerie eröffnen können – und sagte: Probier das mal an, dann ging er in die Küche und rief: Renatekind, worauf hast du heute abend Lust?

Genaugenommen wollte er, daß ich ihn bestrafe. Er wollte diese Quälerei, denn er wußte ja auch, daß ich wach liege. Er hörte das durch die Schranktür, meinen unruhigen Atem, mein unterdrücktes Hüsteln. Ich dachte immer, ein Bauch und Selbstquälerisches passen nicht zusammen. Aber das stimmt nicht. Wenn er aß und schmeckte, dann sah er aus wie ein verzogenes Kind. Ich hätte ihn schlagen können. Buchstäblich. Ich glaube, ich hätte ihn, was ich früher nie von mir gedacht hätte, geschlagen, ich hätte mich in Leder kleiden und ihn auspeitschen können. Es war etwas Quälerisches in seiner Genußsucht. Zugleich hätte er mich weiter als Renatekind gehalten. Aber dann kam diese Geschichte mit den Kakerlaken, sagte sie, sie sei aus der Gästetoilette gekommen, und Ramm habe sie sofort, verheult wie sie war, unter dem Vorwand, sie zu trösten, geküßt, nicht etwa die Wangen, sondern habe ihr gleich die Zunge reingerammt, ihr fast die Bluse zerrissen, sie ins Bett gezogen, wo er über sie regelrecht hergefallen sei, sie, die so schwach, der so elend war, gedrängt, bedrängt, bequatscht, befingert, und wie sie dann – ihr größter Fehler – ihm nachgegeben habe, einfach aus Schwäche, weil sie glaubte, sich so ablenken zu können. Dann aber hatte sie den Eindruck, seine Haare röchen nach verbranntem Horn. Und da habe sie plötzlich würgen müssen und über seine Schulter hinweg gekotzt, was ihn aber nicht abgehalten, sondern ihn nur noch wilder gemacht habe. Ja, sagte sie: doch, er roch nach verbranntem Horn.

Heute kann ich darüber lachen, sagte sie und lachte tief, schüttelte dabei aber den Kopf. Am nächsten Morgen, Ramm war schon im Büro, bin ich aufgestanden, habe mich gründlich geduscht, meine Sachen gepackt, einen Koffer nur, habe all die gerüschten Höschen, karmesinrote, preußischblaue, lindgrüne, hellgraue, die Büstenhalter und -heber genommen, bin in die Küche gegangen, habe die Reizwäsche auf den Küchentisch geworfen, den Dijonsenf darüber ausgeleert und auch den Weißwurstsenf, denn Ramm war ein Liebhaber von Weißwürsten, habe die Heizplatte angestellt, auf Stufe III gedreht, eine Mayonnaise-Tube genommen und auf die schwarzgranitene Küchenanrichte in einer schwungvollen Mayonnaisenschrift geschrieben: Guten Rutsch!

Ich habe kurz mit den Kochlöffeln auf die Anrichte getrommelt, bin rausgelaufen, habe hinter mir die Tür zugeschlagen und stand im Freien.

Danach bin ich für zwei Monate zu meiner Mutter nach Osnabrück gezogen und habe mich später von Ramm scheiden lassen. Problemlos. Ich habe allerdings auch keine Unterhaltsforderungen gestellt.

In der Kabine ging das Licht an. Es roch nach Kaffee. Bald würde das Frühstück serviert. Ich schob das Rollo hoch, und einen Moment saßen wir nebeneinander, schwiegen und blickten aus dem Fenster. Im Osten war schon ein heller Streif zu sehen, vor dem sich deutlich die Krümmung des Horizonts abzeichnete. Dort drehte sich die Erde der Sonne entgegen. Die zarten Wolkenschlieren, die weit vor uns lagen, leuchteten schon orange.

So, sagte sie und stand auf, bis nachher, wir sehen uns dann ja in Frankfurt.

Sie war schon hinter dem Vorhang zur Business-Class verschwunden, da entdeckte ich das Kissen, das sie auf dem Sitz vergessen hatte, ein handliches kleines Kissen, daran angenäht waren zwei kleine Stoffgriffe. Ich hatte gar nicht bemerkt, daß sie es mitgebracht hatte, konnte mich auch nicht entsinnen, es im Abflugraum gesehen zu haben, jedenfalls lag es jetzt da und wartete darauf, mitgenommen zu werden. Ich nahm das Kissen in die Hand, federleicht war es.

Nicht morgen, nicht gestern

Die Flut drängte in die Bucht. Das Holzboot, das eben noch schräg an seiner Ankerkette im Schlick gelegen hatte, schwamm jetzt und hatte sich mit dem Bug zum Meer gedreht. Der große Wind hatte die Wolken aufgerissen, das Blau leuchtete, und ich sah hier zum ersten Mal die Sonne.

Er wird, dachte ich, eben dies beim Schreiben vor Augen gehabt haben, die Bucht mit den gegenüberliegenden Hügeln, den Wiesen, den dunkelgrünen Gehölzen im wechselnden Licht und vor allem das Wasser, das kam und wieder verschwand, eine Schlickfläche zurückließ, mit einem Priel und Reihern darin und alten Männern, die nach Muscheln gruben, bis die Flut kam, wie jetzt, aufgewühlt vom Sturm.

Dicht am Steilhang lag sein Haus, die Wände weiß getüncht, das schiefergedeckte Dach in einem verwaschenen Grau, die Fenster, die Regenrinnen blau gestrichen, davor, wie aus dem Fels herausgesprengt, der kleine Garten, Blumen und Büsche darin, rot und gelb, blaßrosa der Oleander und eine üppige Bougainvillea, eine leuchtende Farbigkeit, wie man sie am Mittelmeer vermutet, aber nicht an dieser Küste. Unten im Garten stand die Reisegruppe und in ihrer Mitte Marc, der etwas erklärte, auf die Felswand deutete, auf das Haus, auf die Bucht. Ich konnte hier oben und bei dem Wind nicht hören, was er sagte, nur den Applaus, der einen Moment später folgte. Die Leute standen da und klatschten. Ich wäre gern mit der Gruppe im Garten geblieben, aber Marc hatte darauf bestanden, daß ich schon vorgehen und oben auf der Straße warten sollte. Wieder wurde unten applaudiert, dann sah ich die Leute die Treppe hochsteigen. Ich hörte ihr Lachen, ihr Reden, sie kamen zu mir, verabschiedeten sich, wünschten eine gute Reise. Die pensionierte Regierungsrätin rief mir zu, immer schön links fahren! Nächstes Jahr treffen wir uns im Yeats-Haus. Aber dann nicht nur so kurz. Und viel Spaß noch! Und sie zwinkerte mir verschwörerisch zu.

Danke, ja, und gute Heimreise.

Sie winkte nochmals und verschwand mit den anderen hinter der Biegung des Kliffwegs. Weiter unten, auf der Straße, wartete der Bus, der die Gruppe nach London zum Flughafen zurückbringen sollte.

Marc kam, legte mir den Arm um die Schulter und sagte: Geschafft.

Schade, sagte ich, ich hätte gern zugehört.

Diese Verabschiedungen, jedesmal dasselbe, dieselben Sprüche, dieselben bemühten Floskeln. So neben ihm gehend, wie er mich an sich drückte, seinen Arm, seine Brust, die Hüfte spürend, kam ich mir dick vor, so sehnig war er.

Bestimmte Wörter müßte man einfach in die Waschmaschine stecken können.

Nein, ich meine nicht die Verabschiedung. Ich hätte gern gehört, was du noch über den Garten erzählt hast.

Ich habe ihnen die Stelle gezeigt, wo er Wein gepflanzt hat, am Fels, hinter dem Haus, dort staut sich die Wärme. Hier wächst ja alles ganz munter, kein Frost, viel Regen, aber es wird nichts richtig reif. Er hat versucht, die Trauben zur Reife zu bringen. Er hat sogar Spiegel neben den Reben aufgestellt. Es hat aber nichts genutzt. Nur einmal, ein einziges Mal, wurden sie reif, im Herbst 53, als er zu seiner letzten Reise nach Amerika aufbrach. Seine Witwe und die Kinder haben sie gegessen.

Ich wollte nochmals in den Garten hinuntersteigen und mir den Weinstock ansehen. Aber Marc sagte, da ist nichts mehr zu sehen. Der ist eingegangen. Und außerdem wolle er jetzt möglichst schnell nach Glen Lough, an einen Strand, wo er sich nach jeder Reiseführung erst mal reinigen müsse. Ein besonderer Ort, du wirst sehen.

Er parkte den Wagen in der Nähe eines kleinen Feldsteinhauses. Das Auto wurde von den Windstößen hin- und hergedrückt. Wir gingen an windschiefen Büschen und Bäumen vorbei zum Rand des Kliffs. Das Meer war schwarz aufgewühlt mit weißen Schaumstreifen. Tölpel stürzten sich von den Felsen und verschwanden weit draußen im Meer als schwarze Punkte. Von unten war das Dröhnen der Brandung zu hören, aus der ein salziger Dunst aufstieg und vom Wind weit über das Land getragen wurde.

Wir stiegen die Klippen hinunter. Der Sturm prallte mit solcher Wucht auf das Kliff, daß ich immer wieder stehenbleiben und mich festklammern mußte. Von unten leuchtete der weiße Strand. Das Unerwartete an diesem Strand war, als wir unten ankamen, es war kein Sand und auch kein Muschelkalk, sondern es waren Steine, weiße runde und ovale Steine in unterschiedlichen Größen, abgeschliffen von der Brandung, und jede der zurückflutenden Wellen war von einem Knirschen nachrollender Steine begleitet.

Marc zog die Schuhe aus, krempelte sich die Hosenbeine hoch, ging ein paar Schritte ins Wasser, schöpfte es mit den hohlen Händen und ließ es sich übers Haar und Gesicht laufen.

Kommst du mit?

Nein, jetzt nicht, sagte er, vielleicht später.

Ich zog mich aus und watete vorsichtig ins Wasser. Eiskalt war es. Unter mir bewegten sich die

Steine, als wollten sie wegkriechen. Bei der Wucht der Brandung war nicht daran zu denken hinauszuschwimmen. Ich stand bis zu den Hüften im Wasser, als sich plötzlich eine besonders hohe Welle vor mir brach und ich von einer dichten Gischt überschüttet wurde. Ich watete wieder an Land. Auf einmal war der Wind warm auf der Haut.

Mark saß am Ufer. Ich ging zu ihm und stellte mich vor ihn, nahm seinen Kopf in die Hände, er zog mich an sich, ich wollte ihn küssen, aber er schob mir vorsichtig den Kopf, den Oberkörper hoch.

Nein, bleib so stehen, sagte er, ruhig, ganz ruhig.

Im Aufwind des Kliffs standen zwei Möwen in der Luft, unbeweglich, dann kippten sie seitlich weg. Kurz leuchtete der Himmel blau hinter einer ausgefransten Wolke, wenig später bebte die Erde. Abermals mußte sich eine besonders hohe Welle gebrochen haben. Einen Augenblick später wurden dicke Schaumballen zu uns getrieben.

Salzig schmeckst du, sagte er, so salzig wie die Robben.

Ich lachte und fragte, ob es die hier überhaupt gäbe.

Viele sogar. Hier steigen sie an Land und rollen sich auf den Steinen. Darum heißt der Strand: der Robben Lust.

Gut. Sehr gut.

Woran denkst du?

Nicht an morgen, nicht an gestern.

Gut so. Du frierst. Komm, zieh dir was über, sagte er und ließ mich los.

Ich zog mir den Pullover über, die Hose.

Marc zeigte mir die Steine. Er hatte auf sieben ovalen weißen Steinen mit einem schwarzen Filzstift Gesichter gemalt. Ein Gesicht mit einem dicken schwarzen Schnauzbart, eins mit langen Haaren und einem dünnen Oberlippenbart, ein Gesicht mit Stirnfransen, eins mit Brille. Alles Männer.

Da!

Er hielt mir den weißen Stein, der ein Gesicht mit Brille zeigte, hin.

Wer ist das? Leute aus der Reisegruppe?

Kalt, sagte er.

Politiker?

Ganz kalt.

Also wer?

Wie gut, daß niemand weiß, daß ich Rumpelstilzchen heiß. Er holte den silbernen Flachmann aus der Jackentasche und bot mir zu trinken an. Wärmt.

Ich nahm einen kleinen Schluck.

Gut?

Brennt.

Er trank zügig, schüttelte den Flachmann, horchte, wieviel noch darin war, sagte, muß ich nachfüllen, steckte ihn weg und betrachtete die vor ihm liegenden bemalten Steine. Dann stellte er sie in einer Reihe auf, und zwar so, daß sie alle auf das Meer hinausblickten.

Er nahm nochmals einen Schluck aus der Flasche, schraubte sie zu, gab sie mir zum Halten und sammelte mittelgroße Steine auf. Er stellte sich vor die Steinkopfreihe und begann, die weißen Eierköpfe zu bewerfen. Stein auf Stein, mit Wucht geschleudert, sie schlugen Funken, einige der Steinköpfe splitterten, er lachte, er rief: Scheißkerle, Motherfucker, Wichser, Nullen, ihr Nullen und begann zu brüllen, er geriet, was mich ein wenig erschreckte, regelrecht außer sich, schließlich stemmte er einen großen ovalen Stein hoch und schmetterte ihn auf den letzten der Eierköpfe, so daß mir die Steinsplitter an die Beine flogen.

Er war außer Atem, keuchte: So. Und ein wenig mehr zu sich als zu mir sagte er: Die Arbeit ist getan.

Welche Arbeit?

Eine Abrechnung.

Mit wem?

Er setzte sich auf einen großen runden Stein, sagte, komm, zog mich neben sich. Er zog wieder die Flasche aus der Jacke, darauf trinken wir. Auf Rumpelstilzchen!

Ich war mir nicht sicher, wie ich reagieren, was ich sagen sollte. Ich trank einen kleinen Schluck. Er trank die Flasche aus.

Er stand auf, ging hinunter, dort, wo die Wellen der Brandung zwischen den glänzenden Steinen ausliefen, und brüllte: Rage, rage against the dying of the light. Er stand da, blickte über das Meer und brüllte gegen das Brausen der Brandung an.

Auf der Rückfahrt nach Laugharne saßen wir nebeneinander, ohne zu sprechen. Er hielt meine Hand, ließ sie nicht los, auch dann nicht, wenn er schalten mußte. Er steuerte mit den Knien, griff mit dem rechten Arm um sich herum, um zu schalten.

Wir gingen in ein Pub, in dem früher, wie Marc erzählte, Dylon Thomas gegessen und getrunken hatte.

Ein paar Einheimische saßen an den Tischen und ein deutsches Paar, eine junge Frau in einer Regenjacke, Jeans und schwarzen Lackschuhen, und ein grauhaariger Mann, der auffällig konservativ englisch gekleidet war, in einer Tweedjacke und ausgebeulten Cordhosen. Vielleicht lebte er in Wales, aber beide mußten hier oder in einem nahen Hotel wohnen, die Frau hätte sonst nicht diese dünnen schwarzen Lackschuhe tragen können.

Marc sagte, du mußt ein Bier trinken. Er hat hier getrunken. Abends, wenn er geschrieben hatte, kam er her und trank mit den Leuten, die man in *Unter dem Milchwald* wiedertrifft. Saß hier, mit Caitlin, seiner Frau.

Der grauhaarige Mann am Nebentisch sagte: Dann sitz ich vielleicht schon im Rollstuhl. Die junge Frau lachte und gab ihm wie zur Belohnung einen Kuß auf die Wange, ich schieb dich, sagte sie.

Marc wischte mir vorsichtig den Bierschaum von der Nase. Caitlin, sagte er, wurde schwanger. Sie hat in der Zeit viel gegessen. Wurde dicker und dikker. Und Dylon hat mitgegessen, Dollie Mixture, nannte er das, Süßigkeiten. Er mochte gern Süßigkeiten. Beide haben um die Wette gefressen, und beide waren im neunten Monat so fett, daß sie kaum durch die Türen kamen. Es gibt Fotos, da denkst du, auch er sei schwanger.

Marc bestellte sich noch ein Bier und sagte, weißt du, wir bleiben heute hier. Gehen in eine Pension. Gehört einem guten Bekannten. Wir fahren morgen. Dann kommen wir mittags an, können den Kamin anheizen und haben es abends richtig warm.

An einem der Nachbartische wurde never, never gerufen.

Ich will über sein Ende schreiben, das soll am Anfang stehen. In New York 1953. Anfang November. Er ging aus dem Chelsea Hotel, sagte: Ich muß was trinken, kam eineinhalb Stunden später zurück und sagte: Ich habe achtzehn Gläser Whisky pur getrunken. Ich glaube, das ist Rekord, sagte er und erwachte morgens mit dem Gefühl, ersticken zu müssen, kam ins Krankenhaus und lag fünf Tage im Koma. Als sein amerikanischer Verleger James Loughlin ihn in der Anatomie identifizieren mußte, hat die Frau auf die Frage, welchen Beruf der Tote gehabt habe, Apoet auf den Totenschein geschrieben. Apoet.

Marc bestellte sich einen doppelten Whisky. Was willst du? Mußt du trinken, ist wirklich gut, abgelagert, 15 Jahre.

Nein, ich nehm einen Sherry.

Ich stoß hier jedesmal auf ihn an. Ich denk, das müßte ihm gefallen. Beide haben hier getrunken, Caitlin und er. Und dann haben sie sich geprügelt. In der Öffentlichkeit. Gibt Fotos, da sieht man, er ist richtig blaugeschlagen von ihr. Sie war stark und ziemlich füllig und nannte sich selbst einen rosa Pudding aus unentschlossenem Fleisch, was sie nun gerade nicht war. Ziemlich entschlossen, aber chaotisch.

Er stand auf und ging zu dem Tisch hinüber, begrüßte dort ein paar Männer. Einer von denen hatte vorhin never gerufen. Ich hörte die Männer lachen. Sie sahen zu mir herüber, nickten, hoben die Biergläser, prosteten mir zu. Marc redete, und beim Reden hielt er die Zigarette weit von sich.

Marc hatte über Dylan Thomas promovieren wollen. In den Semesterferien hatte er als Reiseleiter gejobbt und Gruppen durch Irland, England und Wales geführt. Aber schon bald muß das zu seinem Hauptberuf geworden sein. Seit gut acht Jahren. Die Dissertation wollte er nicht mehr schreiben, dafür ein Buch über Dylan Thomas und Wales. Kein Reiseführer im landläufigen Sinn, wie er sagte, sondern ein Buch, das diese Landschaft aus sich heraus beschreibt. Eine merkwürdige Formulierung, wie ich damals fand, die mir aber gefallen hat, so wie mir auch seine Begeisterung gefiel und natürlich auch, was er über meine Fotos sagte. Er hatte einige meiner Fotografien in einer Illustrierten gesehen und war zu einer Ausstellung in München gekommen. Dort hat er mich angesprochen. Er war auf der Suche nach Fotos für sein Buch über Wales. Keine Fotos, die einfach nur bebildern, nein, das Licht sollte das Thema sein, gebrochen an den Gegenständen. Man hat eben das, die Wolken, die nicht in Worte zu fassenden Wolken, das Gestein, Schlick, Sand, Wiesen, Bäume, Hügel und Berge. Die Fotos müßten diese Landschaft sichtbar machen und zwar so, wie der Regen fällt, der große Wind kommt, die Wolken aufreißt, diese Wolken, die von weither kommen, aus dem Meer aufsteigen und hier, an der felsigen Küste, ausregnen, sintflutartig, auf die hügeligen Flächen, auf Gras, Schafe, duldsame, vermummte Menschen wie Schatten, dunkle Häuser, abgeschieden von allem, hörbar nur das Prasseln des Regens, und dann der Geruch nach verbranntem Torf, der Geruch nach Salz, das Schreien der Möwen – erst hier, hier habe er verstanden, warum die Matrosen glaubten, die Möwen seien die Seelen der toten Seeleute. Es sei das verzweifelte Schreien gegen den großen Wind, gegen das Brausen der Wellen, das steigt auf, durch die tiefen Einschnitte in langen Gischtfahnen, das wollte er beschreiben, die Ahnung davon, daß all dies nicht alleingelassen werden darf, begleitet werden muß durch das Wort, durch Gesang, daß dies gesehen werden muß, ja ertragen werden muß. Darum auch diese tiefe Religiosität, egal ob Anglikaner, Katholiken oder irgendwelche Sekten, nein, mehr noch, eben das, nicht etwa die Religion, sei der Grund, daß hier kaum jemand Selbstmord begehe, die geringste Selbstmordrate in Europa, dieses Ertragen der großen Einsamkeit, das ist der Grund, warum getrunken wird, der Schrecken vor diesem Gedanken: Es gibt keinen Gott, nur diese Wolken, die vom Meer kommen, das Gras, die Hügel, den Regen, der fällt, die Wolken, die weiterziehen, eine Landschaft ohne Menschen. Dafür wollte er Fotos, Fotos wie die, die ich in dem stillgelegten Braunkohlebergwerk in Brandenburg gemacht hatte, eine tiefe Narbe in der Erde, eine Wunde, offen, genau solche Fotos, die Licht zeigen, diese einzige Hoffnung Licht, ein Licht, das andererseits aber auch die Gegenstände deutlich aus sich heraustreten läßt, um sie im nächsten Moment wieder im Grau verschwinden zu lassen, das die Dinge in ihrer Verlassenheit zeigt. Die prächtigsten Preislieder werden im Dunklen geschrieben.

Ich habe ihm damals in der Galerie zugehört und ihn beim Sprechen beobachtet, sein unrasiertes, hageres Gesicht, sein braunes Haar, das ihm so eigensinnig in die Stirn fiel, das ausgebleichte schwarze Sweatshirt, unter dem sich die Knochen seiner Schultern abzeichneten. Ich war noch an dem Abend zu ihm gegangen, und wir hatten zusammen geschlafen. Es war das erste Mal seit fast drei Jahren, seit der Trennung, daß ich wieder mit einem Mann zusammen war, und es war so, wie ich zuvor mit niemandem zusammengewesen war. Wer sagt, alles sei, schläft man miteinander, ziemlich ähnlich, hat keine Ahnung. Es ist so anders, weil das Herz, dieses dumme Herz, seinen ihm gemäßen Schlag sucht, schnell, die winzigen Reize, diese zarte Berührung in eben dem Moment verlangt, und so sich selbst, also auch seine Wünsche vergißt und durch den anderen zu sich selbst findet. Und das Aussprechen, im richtigen Moment, was man selbst aussprechen würde und so, daß es nicht in den immer gleichen Worten gesagt wird, nicht in Worten, die man erst waschen müßte, wie auch dieses: Ich liebe dich. Ich habe es nicht oft benutzt. Und dachte, ihm könnte ich es sagen, ihm wollte ich es sagen.

Er wälzte sich auf den Rücken. Ein Schauder, plötzlich war die Außenwelt wieder spürbar, übertrieben deutlich fast, die Temperaturunterschiede im Zimmer, hier an der rechten Körperseite, wo der Kamin war, und an der anderen, wo deutlich ein kühler Luftzug wehte. Der Schweiß zwischen den Brüsten. Im Kamin brannten die Holzscheite. Holz, das der Wirt am Strand sammelte, in einem Schuppen trocknete, Holz, das aus großen Fernen hier angeschwemmt wurde, gewaltige Baumstämme aus Kanada, aus Südamerika, Rundholz von Schiffsladungen, große und kleine Äste, poliert von der

See und dem Sand, wie dieses große ausgebleichte Wurzelstück, das knackend brannte.

Ich würde jetzt gern lesen, was du geschrieben hast, sagte ich.

Marc trank aus der Flasche. Er trank diesen, wie er behauptete, unvergleichlichen Whisky, von dem er sich im Ort fünf Flaschen gekauft hatte. Er hustete, hatte sich verschluckt. Ich klopfte ihm den Rücken. Ich klopfte ihm mit der Faust auf den Rücken.

Schon gut, sagte er.

Ist es besser?

Hab nichts hier. Ich hab alles zu Hause gelassen.

Wir hatten besprochen, auf der Reise an diesem Buch zu arbeiten. Ich dachte, er würde jetzt einen Grund nennen, warum er sein Manuskript zu Hause gelassen hatte. Aber er lag da, das zusammengeknautschte Kissen unter den Kopf geschoben, und rauchte.

So lagen wir einen Moment nebeneinander, ohne etwas zu sagen. Und ich dachte, daß die Raucher es doch leichter haben, sie haben ihre Beschäftigung, kleine Tätigkeiten, das Anzünden, Rauchen, Inhalieren, Asche abstreifen, ohne daß je das Schweigen als drückender Mangel erscheint.

Es gibt keinen Ort, sagte ich nach einiger Zeit, wo man es mit sich selbst besser ertrüge als in diesem Haus, denke ich, mit diesem Blick auf die Bucht. Ich habe Fotos gesehen, seine Frau, die rotblonde Frau mit den drei Kindern. Es ist doch merkwürdig, daß sie, als er starb, sich so bald in einen Italiener verliebt hat und nach Sizilien gezogen ist.

Und weil Marc nichts sagte, nur dalag und rauchte, sagte ich noch: Catania ist wahrscheinlich auch das genaue Gegenteil zu diesem Meer, diesem Wind und diesem Haus.

Sie hat ihn nicht verstanden, sagte er. Eine Frau. Sie hat ihn nicht verstehen können. Sie haben sich geprügelt, zusammen getrunken, aber sie hat ihn einfach nicht verstanden. Nichts. And I rose / In rainy autumn / And walked abroad in a shower of all my days.

Ich lag neben ihm, hörte das Knacken des brennenden Holzes und den Regen, der gegen die Fensterscheibe drückte. Vielleicht hätte ich jetzt nicht nachfragen sollen, einfach weiter auf den Regen lauschen, aber ich hätte mich dann über mich geärgert, und so sagte ich: Vielleicht hat aber auch er sie nicht verstanden.

Ach was! Er warf die Decke von sich, so daß sie auf mich fiel. Er stand auf und holte sich ein neues Päckchen Zigaretten aus der Reisetasche.

Willst du, fragte er und hielt mir die Flasche hin.

Nein, danke.

Er zündete sich eine Zigarette an, inhalierte, setzte sich auf die Bettkante, aber so, daß er mich nicht ansehen mußte. Oben im rechten Schulterblatt hatte er eine ungefähr sechs oder sieben Zentimeter lange gerade Narbe, so als hätte ihm jemand ein Messer hineingestoßen. Er selbst konnte es nicht gewesen sein, und ich wunderte mich, wie ich auf den Gedanken kam, er könne sich selbst gestochen haben. Ich fuhr mit dem Mittelfingerknöchel über seine Rippen.

War doch nur eine Frage, erklärte ich, um diese Irritation, diese winzige Mißstimmung, die durch die Frage entstanden war, wieder zu beheben.

Schon gut, sagte er, blieb aber so sitzen, rauchte, trank und sah vor sich hin.

Ich stand auf und ging ins Badezimmer. Ich knipste den elektrischen Heizofen an, der über dem Spiegel hing, und setzte mich auf das Klo. Ich hatte mir für diese Reise die Pille verschreiben lassen, erstmals seit drei Jahren wieder. Eine lange Vorbereitung, die etwas absichtsvoll Technisches bekam, so daß ich mir mehrmals überlegt hatte, ob ich die Pille nicht wieder absetzen sollte. Es einfach drauf ankommen lassen. Der Gang zum Arzt, zur Apothekerin, die mich kannte und ein einvernehmliches Lächeln zeigte. Ich hatte ihr dann auch gesagt, daß ich wegfahre, drei Wochen, nach England, genauer nach Wales. Wandern, Schwimmen. Ja.

Und sie sagte, man sieht es Ihnen an. Sie strahlen ja richtig.

Ja, ich strahlte. Ich zählte die Tage, die wie Schildkröten krochen, bis vorgestern, als ich endlich ins Flugzeug steigen konnte. Und hätte man mich gefragt, was ich fühle, ich hätte nur sagen können, die reine, reine Freude.

Ach was. Es war dieses Schroffe, die Betonung, kurz, hart: Ach was. Und es war die Decke, die er auf mich geworfen, nein, regelrecht geschleudert hatte, wie ein Schlag, ein verlängerter federleichter Schlag. Und zugleich sagte ich mir, daß ich das alles übertrieben sah, unverhältnismäßig vergrößert durch diesen Wunsch nach Einvernehmen, ja genau dieses Wort war es.

Ich saß da, bis ich zu frösteln anfing.

Ich stand auf, wusch mir das Gesicht, den verschmierten Lidschatten, und ging hinein.

Marc lag auf dem Bett zur Seite gedreht, auf den rechten Ellenbogen gestützt, und ich dachte, er spielt, es klimperte, ich legte mich zu ihm, drängte mich an seinen Rücken, fragte, was machst du da? Er drehte mir nur kurz den Kopf zu, sagte: Das geht dich einen Scheißdreck an.

Sag mal, sagte ich, aber dann fehlten mir Worte, Sätze.

Er schob die Münzen und Scheine zusammen, stand auf und ging ins Bad.

Es war wie ein Schock, der jede Reaktion, auch das Sprechen lähmte. Ich hätte sagen können: Bist du wahnsinnig. Was fällt dir ein? Wie kannst du so reagieren? Und warum reagierst du so? Aber auch das wäre falsch gewesen. Falsch wie vielleicht auch die Frage, die ich gestellt hatte. Und ich merkte wieder einmal, daß ich, kam es zu Streitigkeiten, mich immer mit diesem Mehrverständnis für den anderen selbst ins Unrecht zu setzen versuchte.

Hätte ich gar nicht fragen sollen? Hätte ich, um ihm eine goldene Brücke zu bauen, sagen sollen, ich habe auch immer gezählt, damals, als ich als Aushilfskraft in einem Café gearbeitet habe? Aber das hätte es noch schlimmer gemacht. Ich hatte es nicht so schnell begriffen. Es war eine Floskel, um ins Gespräch zu kommen, keine wirklich neugierige Frage.

Es war nur dieses hilflose *Sag mal* herausgekommen.

Kurz darauf kam er angezogen aus dem Bad.

Tut mir leid. Das ist mir so rausgerutscht. Ich muß was trinken.

So, wie er das sagte, war deutlich, er wollte allein sein. Und er ging dann auch raus, ohne zu fragen, ob ich mitkommen wollte.

Ich zog mich an, das war das erste, dieses peinliche Gefühl, so entblößt zurückzubleiben, diese plötzlich unangemessene Nacktheit, eine peinliche Nacktheit.

Bisher hatten wir uns nur viermal getroffen und jedesmal nie länger als drei Tage. Und es war jedesmal ohne Mißstimmung, ohne jeden Schatten gewesen.

Ich saß am Kamin, versuchte zu lesen, aber die Gedanken liefen mir immer weg. Es blieb mir nur diese Strophe in Erinnerung: That his tears burned my cheeks and his heart moved in mine.

Ich war eingeschlafen und schrak hoch, als er ins Zimmer kam. Er rannte gegen den Schrank, ließ sich schwer ins Bett fallen, redete dabei Englisch, aber unverständlich. Er roch nach Rauch und Whisky. Ein Geruch, den ich nicht mag, dieser Gestank, der nicht nur der Kleidung, sondern auch der Haut anhaftet. Es war kurz nach drei Uhr nachts. Er stemmt sich hoch. Er war so betrunken, daß er versuchte, in die Ecke zu pinkeln. Ich führte ihn zur Toilette. Dort schlief er ein. Es gelang mir nicht, ihn hochzuziehen. Er schlief auf dem Klo sitzend ein, den Oberkörper, den Kopf an die Wand gelehnt, die Wange schief verrutscht an einer Kachel.

Ich lag lange wach. Von draußen war das Husten eines Schafs zu hören. Ein bellender, würgender Laut. Und jedesmal wieder lauschte ich unruhig und voller Schrecken auf dieses gequälte Husten. Irgendwann gegen Morgen schlief ich ein, und irgendwann mußte er aufgewacht sein, jedenfalls lag er morgens in Hose und Hemd im Bett, an einem Fuß einen Schuh, der andere nackt. Ich überlegte, ob er gestern nacht nur einen Schuh angehabt hatte. Wahrscheinlich nicht, denn sonst wäre es mir aufgefallen. Er schlief. Ich überlegte, ob ich ihn wecken sollte, ließ es aber. Sicherlich wäre es ihm peinlich gewesen, so gesehen zu werden. Ich zog die Bettdecke über seine Beine, auch über den Schuh, der mit Lehm und Dreck beschmiert war. Ich duschte und zog mich an und schminkte mich besonders sorgfältig. Ich ging hinunter, setzte mich an den Tisch, der für das Frühstück gedeckt war.

Ein reichliches Frühstück mit Toast, Käse, Schinken, Marmelade und Honig. In dieser Stube, die hell gestrichen war, mit Borden, auf denen kleine Keramikfiguren standen, weiße Reiter und Seeleute, die zum Abschied winkten. Hier war es gleichgültig, wie das Wetter draußen war, ob die Sonne schien oder der Regen fiel. Ich überlegte, was ich sagen sollte, wenn er käme. Denn eines war unmöglich, so zu tun, als sei nichts vorgefallen. Zwischen uns hatte sich etwas Grundlegendes verändert. Ich bemerkte, was sich sonst nur nach längerem Bekanntsein einstellt, die Rücksichtnahme auf die Schwächen des anderen.

Ich hatte eben den zweiten Kaffee getrunken, da kam er herunter, seine Augen zwei schwarze Löcher. Er trug eine Sonnenbrille mit runden Gläsern, schwarz und undurchsichtig, wie ich sie nicht ausstehen kann. Sein Gesicht war verquollen, und auf der linken Wange war noch immer das Muster der Badezimmerkachel zu sehen.

Hallo, ist etwas viel gewesen, gestern.

Ja, sagte ich, ich bin eingeschlafen, hab dich nicht mehr kommen hören.

Hab noch Freunde getroffen, hier, aus dem Ort.

Wir saßen am Tisch und konzentrierten uns darauf, die Brötchen zu schmieren. Als wir beide zur gleichen Zeit zur Kaffeekanne langten, streckte ich ihm über den Tisch die Hand entgegen und sagte: Komm. Mir fiel nichts anderes ein, als dieses: Komm!

Er nahm die Hand, sagte: Schon gut.

Er hätte alles sagen können, nur nicht schon gut. Er hätte sagen können: Ich war fertig, die Leute nerven mich, diese pensionierten Englischstudienräte mit ihren bildungsbeflissenen Fragen. Und er hätte sagen können: Es ist gräßlich, Trinkgeld zu bekommen. Ich habe mir mein Leben anders vorgestellt. Ganz anders. Ich will schreiben. Ich wollte schreiben, wollte Gedichte schreiben wie er. Es ging nicht. Es geht nicht. Ich schaff es nicht, ich weiß nicht warum. Ich bin nach so einer Reise fertig. Er hätte sagen können, mit deinem Gefrage hast du mich genervt. Er hätte sagen können: Du redest zu viel. Er hätte auch sagen können: Du bist mir gestern abend auf den Wecker gefallen. Aber er sagte: Schon gut.

Einen Moment mußte ich meine Enttäuschung, die in Empörung, ja in Wut umzuschlagen drohte, herunterkämpfen.

Ich zerschnitt den Dotter auf dem Teller, das Gelb lief aus, tropfte mir von der Gabel. Es war keine gute Idee, dachte ich, zu der Reisegruppe zu stoßen. Ich hätte erst heute kommen sollen. Er wäre zu seinem weißen Steinufer gefahren, hätte getrunken, nachts geschlafen, und wir hätten uns heute morgen getroffen. Ein neuer Anfang. Er hätte mir das Haus, die Orte von Dylan Thomas auch allein zeigen können. Aber er war es gewesen, der darauf bestanden hatte, daß ich mich am Schluß der Reise der Gruppe noch anschließen sollte, all diese netten gebildeten Leute, er hatte mich vorgestellt als eine bekannte Fotografin, die sein Buch mit Fotos ausstatten würde. Ein wenig hatte es mich gestört, wie er mich vorstellte, indem er das, was ich tat, so heraushob.

Ich trank aus der Tasse und sah, sie zitterte in meiner Hand.

Ich hab schon gepackt, sagte er, ich warte unten auf dich.

Im Vorraum sah ich seine Reisetasche stehen. Ich ging ins Zimmer, um meine Sachen einzupacken. Die Bettdecke hatte er über das Bett gelegt, als ich sie herunternahm, sah ich, dort, wo er gelegen hatte, war das Laken feucht. Er mußte versucht haben, den Schmutz von seinem Schuh auszuwaschen. In dem Moment tat er mir leid, und ich mußte mir gleichzeitig sagen, daß dieses Mitleid kein gutes Gefühl für den Anfang ist.

Ich trug meine Tasche hinunter. Er saß schon im Wagen, sagte: Na, denn.

Er fuhr halsbrecherisch. Wir sprachen nicht miteinander und sahen geradeaus. Ich dachte an das Haus, das er sich gekauft hatte, das einsam lag. Und ich hatte Angst vor den Tagen, auf die ich mich so sehr gefreut hatte, daß ich die letzten Wochen wie ein Gefangener jeden Tag auf dem Kalender in der Küche ausgestrichen hatte, noch neun Tage, noch acht, noch sieben, eine kindische Tätigkeit, wie ich mir jedesmal sagte, aber von der ich dennoch nicht lassen mochte. Zwei Wochen, in seinem Haus, allein mit ihm. Und dann sagte ich mir wieder, daß ich alles übertrieb, daß mein dummes Herz nur ängstlich war. Und ich dachte an Dylan Thomas, wie der mit seiner Frau in diesem wunderschönen Haus an der Bucht gelebt hatte, wie sie gemeinsam tranken, sich in immer größere Einsamkeit hineingetrunken hatten. Was bedeutet die geringste Selbstmordrate, wenn das Trinken auf einen langsamen Selbstmord hinausläuft? Achtzehn Whisky pur. Wie er sich langsam bewußtlos getrunken hat, wie die beiden sich geschlagen haben, in einem Haß, der nicht behebbar war, nicht so, wie sie zusammenlebten, nicht so, wie jeder für sich allein lebte, bis er endlich in die Bewußtlosigkeit stürzte, aus der er nicht mehr erwachte, und wie sie, Caitlin, ihm in einem Abschiedsbrief geschrieben hatte: Fühl Dich bitte so frei wie ein Stück Scheiße, ein Brief, der ihn im Koma erreichte, den er also nie hatte lesen müssen, und wie sie dann nach Catania gegangen war, endlich, in die Sonne, ins Licht, dorthin, wo man nicht mehr aus der Dunkelheit die Sonne besingen muß.

Was ist aus ihren Kindern geworden? wollte ich wissen.

Die? Die verknuspern wahrscheinlich die Tantiemen.

Danach fuhren wir, ohne etwas zu sagen, wir sahen beide geradeaus auf die Straße und ich oft seitlich zum Fenster hinaus über die Hügel, über die Weiden. Schafe standen da, schwer in der Nässe ihres Fells. Hin und wieder trank er aus der Taschenflasche. Er bot sie mir nicht an, er wußte, daß ich nichts trank, aber jetzt, genau jetzt, hätte ich getrunken. Ich wollte ihn schon darum bitten. Als plötzlich der Hund auftauchte. Er stand in der Mitte der Straße.

Vorsicht, schrie ich.

Marc bremste nicht, fuhr auf den langsam wegtrottenden Hund zu. Es gab einen kurzen dumpfen Stoß, nicht laut, fast beiläufig.

Halt an, schrie ich, los, sofort. Hätte er nicht gehalten, ich hätte ihn geschlagen.

Ich stieg aus, lief zu dem Tier, das in dem Regen lag, die Vorderpfoten bewegten sich noch, leise, als versuche es immer noch, wegzulaufen.

Er war im Rückwärtsgang zurückgefahren, hielt, rief aus dem Fenster, los steig ein. War doch nur ein Straßenköter.

Ich ging zum Wagen, nahm meine Reisetasche vom Rücksitz, die Fototasche und sagte: Verschwinde!

Er lächelte, und ich sah dieses in das Lächeln hineingelegte Bemühen, es sollte überlegen wirken.

Verschwinde!

O.K. Ich trink erst mal ein Bier. In einer Stunde komm ich vorbei, dann hast du dich abgekühlt. Übrigens, du siehst klasse aus, wie aus einem film noir. Also. Bis nachher. Er fuhr los, ich sah in dem dicht fallenden Regen die Bremslichter. Ich dachte, er würde abermals halten, zurücksetzen, aber er hatte nur vor einer weiter entfernt liegenden Kurve gebremst.

Ich stand in dem Regen, der in Fetzen vom Himmel fiel. Das Wasser lief mir in den Kragen meines schwarzen Lackmantels, ich fror, sah hinüber in das tiefe Grau, ich begann zu weinen, weinte, daß es mich schüttelte, so, wie ich seit meiner Kindheit nicht mehr geweint habe. Kurz darauf tauchten zwei Lichter im Regen auf. Ein kleiner Laster kam und hielt. Ein Mann saß darin mit einer übergroßen Stoffmütze, wie man sie von Fotos aus den zwanziger und dreißiger Jahren kennt. Der Mann rief mir etwas zu, aber ich konnte sein Englisch nicht verstehen. Er winkte mir, ich solle einsteigen. Ich schob die Taschen hinter die durchgehende Sitzbank und stieg ein. Das Wasser tropfte mir aus dem Haar, mein Gesicht war naß. Ich mußte lachen, als ich daran dachte, wie sorgfältig ich mich heute morgen geschminkt hatte, so, als sei alles noch einmal in eine perfekte Form zu bringen. Und dabei, dachte ich, wäre es vielleicht besser gewesen, heute morgen abzureisen, und – wie kommt man auf so einen Gedanken? – vielleicht liefe dann auch noch der Hund im Regen herum. Der Mann lachte mir zu, reichte mir die Thermoskanne. Darin war Kaffee, kein Tee, wie ich erwartet hatte. Heißer Kaffee, schwarz, stark und süß. Vorsichtig hielt ich den Becher, um nichts zu verschütten.

Er machte einen Umweg, um mich zum Bahnhof von Swansea zu fahren. Ich bedankte mich und fragte ihn, ob ich ein Foto von ihm machen dürfe. Er stieg aus und lachte, lacht auch auf dem Foto. Deutlich ist die Zahnlücke zu sehen, ein Lachen, offen, unverstellt, und doch ein wenig listig. Ein Schwarzweißfoto, das einzige Foto, das ich in Wales gemacht habe. Ich habe es mir in der Küche an die Wand gepinnt. Blicke ich beim Frühstücken hoch, sehe ich diesen Mann und im Hintergrund, ein schöner Zufall, rechts oben zwei Möwen im Flug, deutlich vor jenem dunklen Stück Himmel, das der große Wind gerade in dem Augenblick in die Wolkendecke gerissen hatte.

Screen

So beginnen die starken Tage: Ich stand unter der Dusche und suchte im Wasserdampf den Kaltwasserhahn. Mit dieser Dusche kann man sich nur verbrühen oder gefrierschocken. Keine Mittellage. Warm ist nur ein kurzer Augenblick zwischen kalt und heiß. Um den Schaum aus dem Haar zu kriegen, muß man wie ein Maschinist die Hähne auf- und zudrehen. Aus dem Wohnzimmer dröhnt *NWA*. Morgens kann man voll aufdrehen. Zu der Zeit ist niemand im Haus, den es stört, und die es stören könnte, hören schlecht oder trauen sich nicht, etwas zu sagen.

Das Telefon. Ein durchdringender Ton. Ich suche den Hörer, taste, der Hörer liegt neben der Matratze. Ich habe schon wieder unruhig geschlafen und bin morgens auf dem Boden aufgewacht. Zum zweitenmal in dieser Woche.

Die Stimme sagt: Hallo.

Hallo.

Es redet aus dem Hörer, es redet von Absturz und Katastrophe, während ich versuche, mich abzutrocknen, und den grauen Spannteppich volltropfe. Was is 'n los?

Müssen kommen. Bitte. Abgestürzt. Sofort. So brüllt es aus dem Hörer. Eine Männerstimme.

Ich halt den Hörer weit vom Ohr, jetzt ist die Stimme ganz klein und quäkt: Verstehn Sie. Alles weg. Morgen ist Messe. Leipzig. Unser Kunde. Nicht auszudenken. Was issen da?

Just don't bite it.

Was?

Niggers with attitude.

Nee, was hier ist! Sei doch mal ruhig! Verdammt!

Sicherheitsdiskette?

Nee, nix, ganze Nacht, die Arbeit, verstehen Sie, fertig. Dann können wir hier dichtmachen.

Ich halte den Hörer armweit weg. Draußen dieses Grau. Wieder einer dieser Scheißtage und wieder einer, der es nicht gepeilt hat. Einer von der Kapitalfraktion. Ich hör das sofort. Auch wenn sie verzweifelt sind.

Woher haben Sie denn meine Nummer?

Haben die mir im Office gegeben.

Er muß wirklich überzeugend verzweifelt gewesen sein, denn die rücken so schnell nicht die Privatnummern raus. Also gut. Ich komm in ner Stunde. Nicht abschalten. Hören Sie. Sonst deletet das für immer und ewig.

Gleich, quakt es, bitte sofort!

Nee. Schneller geht nicht. Muß mich erst abtrocknen. Moment, ich schreib mir die Adresse auf. Fuck!

Was?

Nix.

Der Füller schreibt plötzlich blau, nicht schwarz. Dachte schon, das Zeug gestern, das die Farben ausdünnt, so im Kopf. Im Kopf ist es immer schwarz. Schwarz, schwarz, schwarz. Muß man sich immer wieder sagen, nix Buntes drin. Nix Buntes an sich. Nur das Auge. Reizungen. War ne andere Füllerpatrone. Wahrscheinlich eine, die Elke hier liegengelassen hat.

So beginnen die starken Tage.

Noch unter der Dusche hatte ich Traumfetzen im Kopf. Schwamm in einem See und hatte die Orientierung verloren. Ein Fisch oder noch etwas Größeres umkreiste mich, ich spürte einmal sogar deutlich die geschuppte Haut, als das Wesen dicht unter mir vorbeitauchte. Vielleicht war es der Moment, als ich von der Matratze gerollt bin und auf dem Teppich landete. Aus dem Bett der Pastorin würde ich wahrscheinlich nicht fallen. Eine Matratze auf dem Boden hat nicht die ausreichende Höhe für Fallängste. Aber ins Bett der Pastorin mag ich mich nicht legen.

Eine Zeitlang hab ich mir die Träume aufgeschrieben. Mit dem Erfolg, daß ich immer mehr träumte. War ganze Vormittage mit Traumbewältigung beschäftigt. Kein Wunder, da es doch immer und überall heißt, du sollst nicht verdrängen. Verdrängen, das bedeutet Aggressionen, Depressionen, Krebs. Ich hatte sogar Träume, die sich auf vorangegangene Träume bezogen. Ich habe dann aufgehört, sie aufzuschreiben, und bald blieben sie dann auch da hängen, wo sie hingehören, im morgendlichen Vergessen.

Ich stelle die Espressomaschine an. Jeden Morgen blicke ich zur Decke, dort oben ist das Loch. Jeder Besucher bewundert es. Ein solides Loch. Stammt, wurde mir erzählt, von der Pastorin. Die muß mit einer Rohrzange die Ventilschraube bearbeitet haben, und die ist dann unter Hochdruck rausgeflogen, hat sich oben in die Decke gebohrt. Einen doppelten Espresso, bitte. Nein, danke. Das ist, keiner der Sprachfritzen merkt es, absolut unlogisch, widersinnig. Drei Aspirin, auf nüchternen Magen. Ja, bitte. Der Magen sagt, ich bin prima. Der Magen sagt: Hungrig bin ich nicht. Aber ich sage: Du mußt. Wenigstens einen Toast. Ohne Butter. Etwas Orangenmarmelade.

Ich mach das Fenster auf. Es ist kalt geworden. Ich lege die Luftpistole griffbereit auf den Küchentisch. Ein überschweres Kaliber. Hat der Mieter vor mir liegengelassen. Oder der Mieter davor oder davor. Durchlaufmieter, seit vier Jahren. Vielleicht gehört die Pistole aber auch der arbeitslosen Pastorin. Die Pastorin ist jetzt in Florida gelandet. In einem deutschen Altersheim. Aber als Seelsorgerin. Sie ist noch recht jung. Ein Foto zeigt sie, groß, blond, mit einem rundum positiven Lachen. Die Alten in Florida werden sich freuen.

Ein Prospekt zeigt einen rüstigen Greis, allerdings in einem kleinen Elektrowagen sitzend, den Golfschläger unternehmungslustig geschultert. Neben ihm steht ein junger Mann, ein zahnvolles Lachen, karierte Hose, Polohemd, lässig auf den Schläger gestützt. Rundumbetreuung auf deutsch und englisch. Monatsmiete 12 000 Dollar.

Vorher war sie in Neuguinea, hat eine Gemeinde betreut. Vielleicht. Von dort stammen jedenfalls die Masken, Figuren, mit echtem Termitenfraß. Die Teile hängen überall im Flur, in allen Zimmern, sogar im Klo. Im Wohnzimmer, über dem flachen Bücherbord, hängen vier lederne Penisfutterale an der Wand, das eine ist aufgeschnitten und sieht aus wie eine Seezunge, nein, dazu ist es vorn zu spitz. Farbige ornamentale Muster, alles, um den Schwanz und nichts als den Schwanz hervorzuheben. An zwei der Futterale hängen kleine Kaurimuscheln.

Gleich bei meiner Einstandsparty gab es eine lange Diskussion über den tieferen Sinn der Penisfutterale. Kultische Funktion? Klar. Schutz? Wahrscheinlich. Soziales Prestige? Sie sind nicht gleich, eines sieht recht bäuerlich derb aus, zwei sind ausgesprochen edel muschelverziert.

Erstaunlich, daß eine Pastorin gerade Penisfutterale sammelt.

Und warum ist dieser eine aufgeschnitten?

Kultische Gründe?

Werden sie aufgeschnitten, wenn der Träger tot ist?

Nee. Und dann erzählte Tolga, der Feierabendrapper, die Geschichte von Henry, dem DJ im steinalten Starclub, der hier vor mir gewohnt hat. Henry hat sich mal ein Penisfutteral übergezogen. Aus Jux. Nachts. Waren alle total bekifft. Henry im Bad. Er rumort. Er sagt, Gott ist das Ding hart. Wie ne Packpapiertüte. Dann hörten sie Wasser plätschern. Henry hält das Leder mal kurz unter Wasser, das, wenn es nicht kalt ist, immer gleich kochend heiß ist. Zieht sich das Futteral über. Kommt aus der Toilette, nackt. Einfach toll. Henry hat ja so ein sagenhaftes Tatoo auf beiden Oberarmen, irgendwas Indianisches. Kommt rein und führte zu Big Shugg and others einen Tanz auf. Der Wahnsinn. Alle klatschen. Von unten wird gegen die Decke geklopft. Henry tanzt, sieht richtig gemeingefährlich aus. Der Tanz wird immer wahnsinniger, wild, exaltiert symbolisch, weil Henry plötzlich wie wild an dem Ding herumfummelt. Er brüllt. Shit. Und dann wird allen klar, der will das Ding runterziehen. Geht aber nicht. Brüllt. Christi versucht, das Ding mit einer Nagelschere aufzuschneiden. Aber da konnte er schon nicht mehr stillhalten, da hatte es sich schon wie eine zweite Haut um die Hoden, um den Penis gelegt. Karin, die so praktisch veranlagt ist, suchte einen Föhn. Wollte das Ding trocknen, damit es wieder Weite bekam. Quatsch, nein, keinen Föhn, brüllt jemand. Und dann klingelt es. Die Bullen vor der Tür, gerufen von den beiden spießigen Lesben aus dem Haus. Henry tobt. Die Bullen, ganz geschult und modern, versuchen zu vermitteln. Etwas leiser, ist doch schon nach zwei Uhr, feiern, wir verstehen ja, aber es gibt Leute, die morgens raus müssen. Arbeiten. Während Christi versucht, ihm das Ding runterzuziehen. Vergeblich. Er schreit, wie wahnsinnig. Schlägt um sich. Als einer der Bullen ihn festhalten will, ganz freundlich, reißt er sich los. Total ausgerastet. Ist rausgelaufen, sie konnten ihn nicht halten. Lief den Heußweg rauf, die Osterstraße runter, nackt. Amok. Die Bullen hinterher. Eine zweite Wanne tauchte auf. Drei Bullen haben mit ihm gerungen. Dachten, ein Wahnsinniger. Nackt und schreiend auf der Straße. Nachts. Bis sie dieses Lederfutteral sahen. Sie haben versucht, es mit dem Taschenmesser aufzuschneiden. Unmöglich. Lag wie ne zweite Haut um die Hoden. Er brüllte, brüllte. In den umliegenden Häusern ging überall das Licht an. Die Leute an den Fenstern, auf den Balkons. Henry am Boden. Dachten natürlich, da haben sich die Freunde und Helfer mal wieder einen so richtig vorgenommen. Der Krankenwagen kam. Die Sanitäter gaben ihm eine Spritze, und mit einer Spezialschere schnitten sie das Futteral auf. Jetzt hängt es wieder an der Wand, aber aufgeschnitten, wie eine Trophäe. Später hat Henry von einer Ethnologin erfahren, daß die Männer von diesem Stamm sich die Dinger nur dann überziehen, wenn sie auf Kriegspfad gehen, mit der Keule in der Hand laufen sie gegen die Feinde los, laufen Amok, sind nicht zu bremsen, auch nicht mit drei Speeren im Leib.

Henry ist zwei Monate später nach München gegangen, mochte, nein, konnte einfach nicht mehr diese Ecke sehen, irgendwie muß sich ihm die Umgebung auf eine tatsächlich schmerzhafte Weise eingeprägt haben. Das Hirn muß es gespeichert haben. Ging er einkaufen, Karstadt, dieser kotzhäßliche Klotz, Ecke Osterstraße, Heußweg, bekam er rasende Schmerzen in den Hoden, Phantomschmerzen, klar, aber was nützt es, wenn man es weiß und sich dennoch krümmt. Darum konnte ich hier einziehen.

Von der Straße heult eine Sirene. Ich habe bisher in keiner Stadt gewohnt, in der so oft Sirenen heulen, weder in Berlin, Köln, noch in Frankfurt. Krankenwagen oder Polizei, ich kann das inzwischen raushören. Die Polizeisirenen sind etwas schneller, die Obertöne etwas, ein winziges nur, höher. Wollte mir niemand glauben, bis ein Toningenieur vom NDR das bestätigte. Hätte Wetten abschließen sollen. Besonders dieser Uralt-Raver glaubte es nicht. Lyriker mit Glatze und Tan-Nam-T-Shirt. Wo immer ein DJ auftaucht, ist er da, will ihm die Platten tragen, surft durchs Internet, dröhnt allen die Ohren voll: Cyperspace, sitzt dann aber fassungslos vor seinem Rechner, den er nur Computer nennt.

Mußte kommen, nachts, und seinen Scheiß rausholen, den er mit völlig durchgeknallten Augen geschrieben hat. Ein Oldie, mit sehnsüchtigem Blick auf alle Inlineskater. Psycho-Bea wollte ihn überreden, das Penisfutteral mal überzuziehen, und dann, ist ja etwas hart, unter den warmen Wasserhahn zu halten. Er wollte nicht, wahrscheinlich eh ohne Wirkung, sagte Polly. Polly, die nur eins im Kopf hat: Ficken. Und dieser Raver, der nur das auf der Zunge hat: Ficken. Aber Polly macht's, der Raver, nie hat jemand je davon gehört, daß er's macht, also aus erster Hand. Vor einer Woche kam er in den Club mit dem rechten Arm wie ne weiße Schwinge, ne Keule, eingegipst. Hatte er tatsächlich mit Inlineskating angefangen und war gleich beim ersten Versuch hingekantet. Handgelenk und Armknochen gebrochen, mehrmals. 46jährige Knochen sollten sich nicht anbiedern.

Es riecht verbrannt. Der Toaster der Pastorin verwandelt nach einem nicht durchschaubaren Gesetz immer mal wieder einen Toast in Kohle, wie eine Opfergabe.

Jetzt hat sich eine Taube auf das Sims gesetzt.

Zwei hab ich in der letzten Woche abgeschossen. Aber noch nie am frühen Morgen. Ich hätte das Fenster doch noch offenlassen sollen. Nein, keine Skrupel. Sie kriegen ihre Chance. Fair. Ich mach das Fenster auf, füttere sie nicht an. Aber wenn sie kommen, freiwillig sozusagen, dann schieß ich sie ab. Ein-, zweimal sind welche noch aufgeflogen in einem schlappen Versuch hochzukommen, torkelten dann aber runter. Unten die Katze, die den Jugos gehört, trägt sie dann weg.

Eine Woche mußte ich aussetzen, weil die Wut einiger Mieter im Haus sich plötzlich gegen die Katze richtete. Und gegen die Jugos, denen die Katze gehört. Auch wenn ich mich nicht offen zu meinen Taten bekenne, aber der Katze und den Jugos das anzuhängen, wäre dann doch ziemlich klein. Die Jugos haben immer noch ein Tito-Bild im Flur hängen, kann man sehen, wenn man unten vorbeigeht und einer von denen sich gerade mal wieder die Schuhe vor der Tür auszieht. Hatten nen Aufkleber am Eingang: Alle Menschen sind Brüder. Haben sie dann abgekratzt, weil jemand mit dem Kugelschreiber ein Fragezeichen dahinter gemacht hatte.

Ich nehme die Pistole, ziele auf die Taube vor dem Fenster und sage: Peng. Ohne Glas dazwischen wäre sie jetzt hin. Beim ersten Mal hab ich mich gefragt, sind das Killerinstinkte? Sadist? Ich kann mich nicht erinnern, als Kind Fliegen Beine ausgerissen zu haben. Und unseren Hund hab ich auch nicht geärgert, jedenfalls nicht über das normale Maß hinaus. Nein. Tauben sind, jeder weiß es, die Ratten der Luft. Zum ersten Mal hab ich im September geschossen. Abends. Ein warmer Abend. Das Fenster stand offen. Ich saß und aß am offenen Fenster. Da kam die Taube, setzte sich auf den Sims, gurrte. Drehte den Kopf, plierte in die

Küche. Ich hatte ein paar Tage zuvor die Pistole gefunden und sie Jan gezeigt. Auf dem Flur haben wir eine Zielscheibe mit Kugelfang an die Wand gehängt und ein paarmal um die Wette geschossen. Wir waren beide nicht schlecht, sogar recht gut, dafür, daß wir Zivis waren. Ich hatte sogar mehr Punkte als Jan. Und jetzt die Taube vor dem offenen Fenster. Eine dieser räudigen Tauben. Ich stand auf. Die Taube blieb sitzen. Ich holte die Pistole, lud sie mit so einem kleinen Bleitöpfchen. Die Preßluftkammer mit einem Knacks gefüllt. Dieses Geräusch hätte das Vieh auffliegen lassen müssen. Das war ihre Chance. Aber sie saß da und plierte in die Küche. Ich habe wie Clint Eastwood beidhändig gezielt, *In the Line of Fire*, und dann abgedrückt. Die Taube kippte weg. Plumpste runter. Kein Schreck, keine Reue, nein, nix, eher eine triumphale Freude, ein Gefühl, das aus tiefen, sehr tiefen Schichten hochstieg, irgendwo aus dem Neolithikum. Seitdem hab ich immer wieder geschossen. Sonderbar, aber die Tauben setzen sich besonders gern auf das Fenstersims der Pastorin. Vielleicht weil es der zweite Stock ist und sie leicht wieder hinunterfliegen können zu dem Kinderspielplatz, wo sie Keks- und Brotreste finden. Eine Zeitlang habe ich Striche gemacht, aber das war mir dann doch zu kindisch. Inzwischen müssen es 14 Tauben sein.

Natürlich darf Elke das nicht wissen. Elke, die sich in allen möglichen Gruppen organisiert, keine

Lederschuhe trägt, kein Fleisch ißt, keine Pelze duldet. Und vegan ist sie auch, und zwar radikal. Gemüse, Obst, Körner, sonst nix. Auch keine Eier, keinen Joghurt. Sie würde die Krise kriegen, wenn sie das mit den Tauben hören würde. Vielleicht schieß ich die aber auch nur, weil sie so radikal für den Tierschutz eintritt. Sogar Treibjagden verhindert sie mit ihren Freundinnen. Ziehen sich orange Bahnarbeiter-Westen mit Leuchtstreifen an, damit die Sonntagsjäger sie nicht für Schwarzwild halten. So laufen sie dann mit Trillerpfeifen im Wald herum. Sie verabreden sich an Sonntagen, wenn sie gehört haben, daß wieder einmal eine Treibjagd angesagt ist. Gerade jetzt im Herbst. Dann stürzen sie alle los. Scheuen auch die Benutzung des Autos nicht, um ja rechtzeitig vor Ort zu sein. Wobei die Jäger in der Umgebung nur noch mit Codeworten ihre Treibjagden untereinander ankündigen. Aber irgendwoher erfährt Elke es immer. Sie sieht einfach klasse aus, kleidet sich auch so, daß man sie eher auf seiten der Jäger glaubt. Wenn ich an Elkes Engagement, an ihren unbedingten Einsatz denke, finde ich es doch recht schäbig, das mit diesem Taubenschießen. Hinterhältig und schäbig, immer dann, wenn die Tauben kommen und Schutz suchen, etwas Ruhe, denn zu fressen haben sie unten auf dem Spielplatz genug, tagsüber, nachts kommen die Ratten. Manchmal, nachts, habe ich sie gesehen, gut genährte, ausgewachsene Exemplare, und wenn ich mich nicht täusche, sind es in der kurzen Zeit, seit ich hier wohne, mehr geworden. Und tags die Tauben. Dann sitzt da wieder eine, ich, auf dem Tisch diese Luftpistole, ein überschweres Ding, beste deutsche Wertarbeit, sitze da, trinke Kaffee oder lese – ich lese gern in der Küche, eine beiläufige unangestrengte Atmosphäre –, und auf dem Tisch griffbereit die Pistole und: Zack. Es sind kleine Bleikugeln. Der Druck ist ziemlich groß, und die Distanz ist kurz. Beim ersten Mal war ich überrascht, wie diese Taube vom Sims gefegt wurde, wie sie runterplumpste, und ich dachte, Mensch, du hast den Wehrdienst verweigert. Aber es war nur ein Gedanke, der das moralische System nicht weiter mobilisierte. Eine dieser kleinen Schäbigkeiten, die wohl jeder hat und nie erzählt. Nur bleibt es bei vielen im Kopf, ein vorbeihuschender Gedanke. Ich wäre nie auf die Idee gekommen, mir so eine Luftpistole zu kaufen. Mir wäre das Geld zu schade gewesen. Der Gang zu einem solchen Waffengeschäft – einfach peinlich. Absurd. Aber das Ding lag wie ein riesiges schwarzes Insekt zwischen der gefalteten Bettwäsche der Pastorin. Lag da, gepflegt, wie man sah, gut geölt, geputzt, in ein gelbes Tuch eingeschlagen, und wartete. He Don! Es muß einer der Vormieter gewesen sein, der es in der Schublade deponiert und vergessen hatte, zwischen der zusammengelegten Bettwäsche. Vielleicht hat auch der Vormieter oder die Vormieterin damit geschossen. Vielleicht die Pastorin. Vierzehn Tauben. Es ist eine dieser dunklen Kammern, so wie andere ihre Freundin oder ihre Frau betrügen, oder Frauen ihre Männer oder Freunde. Oder Lippenstifte im Kaufhaus klauen. Ohne diese Schattenseiten, es wäre nicht auszuhalten. Nur Elke hat keine richtigen Schattenseiten, bis jetzt habe ich keine gefunden. Es sei denn, Gutmütigkeit und Hilfsbereitschaft wären ihre Schattenseiten, weil sie den anderen immer ein schlechtes Gewissen macht.

Sie wollte eigentlich vorbeikommen, heute morgen. Rief gestern nacht an, sie müsse morgens in die Agentur. Eine Agentur, die ihr gehört und die Naturkosmetika vertreibt. Studiert hat sie Design und könnte meine Mutter sein, sie ist sieben Jahre älter. Satte 31 Jahre. Mom. Wenn ich das sage, wird sie sauer, nicht immer, nur wenn wir zu zweit, also allein sind. Nicht wegen des Alters, da steht sie drüber, sondern weil sie glaubt, ich will sie ärgern. He Mom. In den Kneipen, da lacht sie.

Ihr Engagement hat sie aber nie dazu verführt, diese tatzenartigen Gesundheitsschuhe und selbstgestrickten Pullover zu tragen. Wer sie nicht kennt und so sieht, in ihren Donna Karan-Klamotten, vermutet sie eher auf seiten der Umweltsünder. Sie nennt das ihre Guerillataktik.

Ich wähle und spreche ihr auf das Band, auf dem sie nur sagt: Hallo, hinterlassen Sie bitte Ihren Namen und Ihre Telefonnummer. Peng. Sie nennt nicht ihren Namen, nicht die Nummer, und ihre Stimme klingt so, daß ich jedesmal zögere, ihr etwas draufzusprechen, so fremd und kühl.

Kenn ich die? Ist das die, mit der ich manchmal schlafe?

Hallo, Mom, ich bin klein, mein Herz ist rein, soll niemand drin wohnen als du allein. Muß jetzt los, was raushebeln. Ruf dich später noch mal an.

Ich schultere das Rad, sperre die Tür ab. Die Pastorin hat extra einen Zettel hingehängt: Unbedingt absperren.

Die Angst geht um.

Mom habe ich Elke noch nie aufs Band gesprochen. Aber das ist die Antwort darauf, daß sie vorgestern gesagt hat: Das ist doch kindisch. Und warum. Ich hatte ihr gesagt, daß ich in ein Kloster in Süddeutschland gehen will, für einen Monat. Und warum? Lesen. Die Georgica. Kannst du doch hier auch. Und Singen. Singen? Ja, man kann dort mit den Mönchen im Chor singen. Das ist doch kindisch. Das sagt sie, die mit einer Trillerpfeife durchs Unterholz kriecht.

Die Alte auf der Treppe quetscht sich an die Wand. Soll sich nicht so an die Wand quetschen. Soll auf die Straße gehen, soll demonstrieren, auf den Putz hauen, protestieren. Rente erhöhen. Nächstes Mal frag ich sie. Sie will reden, sieht man ihr an. Sollte sie.

Wenn sie sagen würde: Mensch, das Rad ist geil.

Würd ich sagen: Ja. Ein *Steppenwolf*. Das Beste. *Tycoo CA*, 24 Gänge, alles Handarbeit, hat gute 7800 gekostet. Würd ich sagen, is alles, nix weiter, das Rad und nen Rechner, der ist vom Feinsten, mein Mac 1700 GE, sonst nix, wirklich nix. Einen Pullover mit Löchern, aber Kaschmir, zwei Jeans, ein Jackett, allerdings Helmut Lang. Einen Mantel, Prada. Vier T-Shirts: New Directions, vier Hemden, sechs Slips. Und diesen geilen, absolut wasserdichten Umhang aus den Staaten. Schwarz. Möglichst Baumwolle, wegen Karin, die armen Schafe sollen nicht ausgebeutet werden. Na ja, und die Schuhe. Pferdeleder. Zwei Paar. Sonst nix. Nix, was ich nicht in einem Koffer und der Computertasche wegtragen könnte. Kein stehendes Gut, keine Immobilie. Keine Bücher. Lese und verschenke sie. Radikal mobil, sag ich ihr. Sonst, sag ich ihr, schlaf ich auf der Matratze der Pastorin. In der Bettwäsche der Pastorin, benutze die Töpfe der Pastorin, die Pfannen der Pastorin, wie es mindestens drei oder vier oder fünf Vormieter schon getan haben. Sie kennen die ja. Ich hab sie nie gesehen. Nur auf dem Foto, oben. Bin hier, seit mein Kumpel gefunden wurde. Vor zwei Monaten. Bekam einen Mordsschreck. Glauben Sie mir. Er wurde gefunden im Viktoria Park, in Berlin, an einem Baum hängend. Ein Typ, der einsame Klasse war. Mein Hackerfreund. Schwertbrüder waren wir. Er hat die Telefonkarte geknackt. Nix gehört? Und wir wollten an die Börse. Nicht wegen der großen Knete. Nein. Banküberfall. Bankeinbruch. Aber nicht so dösig wie in den alten französischen Filmen, wo die immer rumfummeln, mit Dynamit arbeiten, mit Spezialbohrern, unter Lichtschranken herumkriechen, Tunnel graben. Alles veraltete Handarbeit. Saurer Schweiß, den man in der Nase hat. Nein, wir wollten ganz cool sitzen und den Börsen-Big-Bang auslösen. Er war dicht dran. Und dann hing er an einem Baum, im Park in Berlin. Angeblich Selbstmord. Glaubt keiner von uns. Nie. Da staunen Sie, nicht. Das Rad. Knallrot. Meine Farbe: Rot. Klar, und dann dieses Rad: 7800 Mäuse, dafür muß man es immer mit sich rumtragen, aber das ist ja das Geile. Wie neulich beim Graphiker, dem sein Steuerprogramm vom Screen verschwunden war. Auch ein Kenner, der gar nicht aus dem Staunen kam, als er das Rad sah. Das ist Ästhetik. Und das ist Training. Am Wochenende 100 Kilometer, mindestens. Wenn nicht zu Kunden, dann so eben, raus. Im September Ostsee hin und zurück, 200 Kilometer. Nur mal gebadet. Und im Kopf *Jazzmatazz*. Oder *NWA*. Verrückt? Nee. Gesund. Kreislauf super. Kondition. Super. Nix da schlaffi. Nächstes Mal, mit Zeit, trag ich ihr die Taschen rauf, sag ihr: Ich schieß Tauben ab. Der Taubenkiller trägt der Oma die Taschen rauf. Der Taubenkiller von der Etage unter Ihnen empfiehlt sich.

Vor dem Haus das lesbische Paar, stehen da, ihren polierten Opel Kadett im Blick. Beide Ende zwanzig und beide superbieder. Nur daß sie Sozialhilfe abkochen, paßt nicht ins Bild. Oder doch. Wie sie das wohl machen? Fahren morgens immer raus, Spazierengehen mit dem Hund. Die eine, mit dem kurzen Haar, geht um den Wagen, hält der anderen mit den langen Haaren die Tür auf, trägt der die Tüten, fährt Auto. Dasselbe in Grün. Man muß nur sehen, wie die ihren Wagen waschen. Aber immer nur die mit den kurzen Haaren. Wachst ihn sogar. Dieser Drang, Rollen zu kopieren, nicht zu fassen. Dachte ne Zeit, die ironisieren das nur. Meine Eltern sind da schon längst von der Rolle. Daß ich keinen festen Job will, nicht die ganz große Kohle machen will, verstehen sie nicht nur, sie befeuern mich sogar. Klasse, sagen sie, wenn sie meine Provisorien sehen. Cool, sagen sie, und das hört sich ganz echt an. Nie die Rede von der Verantwortung gegenüber dem Talent, der Begabung, der Zukunft oder so was, womit mich meine netten Profs vollgeschwallt haben. Sie haben nur Angst, daß ich mit dem Gesetz in Konflikt komme, wie der Vater mal im Gespräch sagte. Sonst immer jugendlich flapsig, sagt er allen Ernstes: mit dem Gesetz in Konflikt kommen. Sie sind nett, sehr nett, haben aber keine Peilung, was so läuft. Die beiden Lesben grüßen nicht. Denken, ich war damals mit von der Partie, bei dieser Geschichte mit dem Penisfutteral. Zuerst dachte ich ja, die parodieren so das Normalverhalten, wenn die mit den kurzen Haaren wieder mal ihren Opel einwachste und die mit den langen Haaren danebenstand. Aber seit sie nachts mit dem Besen gegen meinen Fußboden klopfen, wenn ich Miles Davis mal voll aufdrehe, denke ich, das Autowachsen ist ihnen bitterernst. Hätten sie sonst gleich die Bullen geholt? Und dann diese Töle, eine dieser distanzlosen Tölen, wie ich sie sonst nur aus Berlin kenne. Kläfft und wedelt, schnüffelt, steckt einem zielgenau die Schnauze zwischen die Beine. Und dann sagt die mit den kurzen Haaren: Komm Benny, laß mal!

Abknallen, die Töle.

Der Messetyp in seinem Büro. Wie schon vermutet, einer von der jungsmarten Fraktion. Einer dieser Raver. Eines dieser supercoolen Büros. Weiß, weiß, weiß. Leder, Chrom, Glas. Roch aber nach Schweiß, nach Angstschweiß. Der Boß stinksauer, das Gesicht rot. Zwei Mädchen, in den knappesten Pullovern und kürzesten Röckchen, schon ausgesucht für die Messe. Die eine im Cosmopolitan-Hochglanz, die andere bleich, verheult, ganz schön vereyelinert.

Und aus dem Mund von ihm, dem Boss, kam mehrmals das Wort Konventionalstrafe. Und. Die kriegen mich am Arsch. Das hat mich eher überrascht aus seinem Mund. Riesenschaden, nicht auszudenken, Horror.

Muß also ein ernster Fall sein. Lassen Sie mich mal. Setze mich an den PC. Idiot, denk ich. Hat doch abgeschaltet. Daß alle so blöd sind, denken immer, sie könnten das Problem mechanisch durch An- und Abschalten lösen. Ein Atavismus der Bewegung, etwas, das mechanisch sichtbar ist, das aber ist hier, hier im Kopf allein. Ich seh ihn streng an.

Haben ja doch abgeschaltet.

Sie war das, petzt der kleine Boss. Zeigt auf das verheulte Mädchen mit Schnullermund, tiefrot, im bleichen, bleichen Gesicht. Gaby, sagt er und betont das Ga wie gagaga. Sie blickt flehentlich, nein, unterwürfig. Der Boss zeigt den beiden, wie sauer er ist, ganz Herr im Haus. Er will mir erklären, wie wichtig das alles ist, was da abgestürzt ist: Preislisten, verstehen Sie, mit Nummern der Produkte, alles für die Messe, morgen in Leipzig, kann man gar nicht so schnell neu erstellen.

Ich sag, ja, ja und okay, damit er mich mit dem Kram nicht länger volldröhnt, geb ich Power. Zur Begrüßung erscheint ein stilisiertes Herz: The Day You Find Your Love.

Krass spießig. Wahrscheinlich von Gaby ausgefüllt, der jetzt eine schwarze Träne über die Wange läuft.

Ich mach den Hokuspokus mit den Fingern, wie in dem Film, den ich als Kind gesehen habe, ein französischer Krimi, wo ein Weltmeister im Geldschrankknacken jedesmal, wenn er an eines dieser komplizierten Schlösser ging, diese Fingerübung machte, als wollte er sich für das Klavierspielen lockern. Als käme es hier noch auf die Geschicklichkeit der Finger an. Wie der Altlinke gestern, dem ein Teil verschwunden war und der mich vollschwallte mit den Worten: Verantwortung, Gesellschaft, Solidarität, während ich ihm seinen Aufsatz auf den Screen zauberte und er staunend ahhh sagte, beim Zahlen aber handeln wollte. Nix da.

Ich sage laut: The Day You Find Your Love. Gott! Und seh sie an und sie lächelt gequält, aber willig.

Nach ein paar Minuten hatte ich den Fehler gefunden. Ein läppischer Fehler. Genaugenommen hätten die ihn auch selbst finden können, jedenfalls jeder, der den Rechner nicht als Schreibmaschine benutzt. Sie steht da, ich lächle ihr kurz, aber aufmunternd zu, und sie lächelte zurück: – eindringlich.

Mein Handy fiept.

Die Stimme von Jack.

Sag mal, kannst du jemanden zu Matzel bringen.

Nee. Sitz hier, an einem durchgeschmorten Teil.

Is dringend.

Is immer dringend. Ich muß danach zu einem Zoologen, dem ist das Programm abgestürzt. Ein wissenschaftlicher Vortrag. Sollte ich schon heute morgen hin.

Der kann doch warten.

Das sagst du.

Ja, sag ich. Ist ein Notfall. Wirklich.

Und du?

Weißt doch. Wie soll ich hier weg.

Hab kein Auto.

Nimm ein Taxi.

Und wer?

Weiß ich auch nicht.

Und Wo?

Dönerstand.

Der?

Genau.

Ich mache noch einige Operationen, damit der ganze Vorgang etwas teurer aussieht, genaugenommen hätte ich noch vor dem Handyanruf das Programm auf dem Screen erscheinen lassen können.

Dann sage ich, ganz der große Magier: So, dann wollen wir mal sehen.

Ahhh, sagt Gaby und ahh, sagt der Boss.

Mit Anfahrt – der Kerl muß bluten – dreihundertfünfzig.

Der Typ zahlt bar. Er entschuldigt sogar noch den Preis, sagt, klar, so ein Spezialwissen hat seinen Preis.

Na ja, sag ich, die Technologie steigert unsere Selbstachtung. Egal was. Welches Auto wir fahren. Welches Handy, welchen Rechner.

Eine Quittung will er und fragt: Einen Kaffee, einen Cognac?

Nie, nee, nix bei der Arbeit. Danke.

Ich steig aufs Rad und fahr zum Dönerstand. Dort stehen zwei dieser Schickis, er BMW-Fahrer, sie Escada-Mantel, etwas in dunklem Blau, sehr kurz. Dazu Schuhe, irgendwas Unbezahlbares. Stehen da, sonnen sich in dieser Volksverbundenheit. Ein Rentner, ein Fahrradbote mit nackten Beinen, es friert einen schon beim Hinsehen. Kaut seinen

Döner. Daneben ein Penner, der Bierflaschen eingesammelt hat. Tolga legt gerade mit der Metallzange die Fleischstreifen in das Brot und versucht dem Penner klarzumachen, daß er die Flaschen nicht gebrauchen kann.

He, sagt Tolga.

Was geht ab?

Na ja, hier. Er legt das Grünzeug in den Döner, reicht ihn der Frau rüber. Die beißt auch gleich rein, vorgebeugt, damit ihr auch ja nichts auf ihren blauen Goldknopf-Escada tropft.

Tolga mit diesem weißen Schiffchen auf dem Kopf sägt mit der elektrischen Säge von dem Fleisch ab, fragt den Mann: Mit oder ohne. Mit – natürlich.

Nein, denk ich, jetzt zieht er schon wieder diese Nummer ab.

Tolga legt kräftig von dem kleingehackten Grünzeug rein.

Tolga fragt nochmals. Mit oder ohne?

Was, fragt der Mann.

Mit oder ohne Samen?

Was?

Na. Nie gehört? In 30 Prozent aller Döner hat man menschlichen Samen gefunden. Tatsache. Is die Rache von uns Kümmel an den netten Almans. Hier. Wichsen sich ein und spritzen dann rein ins Fleisch.

Die Frau läßt den Döner fallen, würgt, kotzt, bespuckt sich ihre schönen schwarzen teuren Schuhe.

Der Schicki, ganz Beschützer, führt sie beiseite. Wischt mit der Papierserviette die Schuhe ab.

Gibts doch nicht.

Hier Ihren Döner, ruft Tolga dem knienden Typen zu.

Können Sie selbst essen!

Also momentmal. Das war doch nur 'n Witz. Ein Kümmelwitz vom Kümmel. Kann doch nicht wissen, daß Ihre Frau so empfindlich ist. Können doch nich einfach abhauen. Momentmal. He. Sie haben noch nicht gezahlt. Haben Sie bestellt.

Der Mann kommt zurück, wirft ihm zwanzig Mark hin.

Können Sie sich an den Hut stecken.

Danke! Tolga gibt den Döner dem Penner. Geschenk. Gute türkische Gastfreundschaft, auch wenn die Almans null Spaß verstehen.

Mann, daß sich deine Witze noch nicht rumgesprochen haben.

Nicht bei denen.

Glück gehabt, sagt der Fahrradbote zu dem Penner, der das Fleisch vorsichtig im Mund herumwälzt.

Nix da, sagt Tolga und zitiert wie jedesmal Moltke auf Türkisch: Moltke bile vaktiyle sadece undsoweiter, hab ich mir gemerkt, heißt so viel wie: Glück hat auf Dauer nur der Tüchtige.

Und, frage ich, was ist.

Hier. Tolga zeigt nach hinten. Hinten im Stand sitzt auf einem gelben Plastikeimer ein Junge. Verkrümmt sitzt er da. Stöhnt leise.

Was is?

Vielleicht Blinddarm. Ist dein Kumpel da?

Muß sehen.

Ist das einer?

Is einer.

Und woher?

Ist 'n Kurde.

Ich hol mein Handy aus dem Rucksack. Möchte Dr. Matzel sprechen.

Und wen kann ich melden?

Jedesmal wieder dieses idiotische Melden. Ludwig Frege, sage ich diesmal.

Gut. Ich piep ihn mal an. Tut mir leid, meldet sich nicht. Warten Sie, ich guck mal. Müßte da sein. Versuchen Sie's doch in einer oder in zwei Stunden noch mal.

Nicht da.

Kennste nen anderen?

Nee.

Los, du mußt, sagt Tolga, siehste doch, is ernst.

Hm.

Du schaffst das. Los. Komm. Sei kein deutscher Frosch.

Und das Rad?

Kannste hier unterstellen.

Hab ein Auge drauf, immer, und leih es nicht aus, niemandem, auch nicht deinen Homies. Auch dann nicht, wenn die hier nur mal ne Runde fahren wollen.

Okay, okay! Mann, son Rad is ja wie 'n BMW in Weißrußland.

Das ist ja gerade der Witz. Also los, sag ich.

Tolga sagt etwas auf Türkisch zu dem Jungen, greift dem unter die Arme und zieht ihn hoch.

Der Junge steht auf. Bleich. Das Gesicht verkniffen. Lippen blaß, fast grau. Er versucht zu lächeln, ein schmerzhaft verzerrtes Lächeln.

Kannst du?

Der versteht doch nur Bahnhof, sagt Tolga.

Ich winke einem Taxi. Der Junge ächzt, krümmt sich. Der Fahrer hat Angst, daß ihm der Junge das Taxi vollkotzt.

Nix. Der kotzt nicht. Eppendorfer Krankenhaus. Schnell. Zur Inneren.

Der Taxifahrer blickt mehr in den Rückspiegel als nach vorn. Der Junge neben mir stöhnt leise. Eine braune Jacke hat er an, viel zu groß, darunter ein braungestreiftes Flanellhemd. Er hat Schüttelfrost. Hin und wieder versucht er mir zuzulächeln, sagt dann etwas, was ich nicht verstehe. Vierzehn ist er, vielleicht fünfzehn, vielleicht jünger, vielleicht älter. Kann man schlecht schätzen. Ich klappe ihm den Kragen hoch, und er kriecht noch weiter in das Jackett.

Was hat er denn, fragt der Fahrer.

Blinddarm. Wahrscheinlich.

Hoffentlich keinen Durchbruch, sagt der Fahrer. Wär besser gewesen, Sie hätten einen Krankenwagen geholt. Ist verdammt gefährlich.

Ja. Vielleicht. Aber wir sind ja gleich da.

Der Fahrer fährt uns vor. Ich zahle. Der Taxifahrer sagt: Viel Glück.

Ich geh mit dem Jungen an dem Pförtner vorbei, zum Fahrstuhl, zur Inneren Abteilung. Auf dem Gang frag ich eine Schwester nach Doktor Matzel.

Visite.

Ist dringend, sehr, sehen Sie ja.

Matzel kommt, sagt nur: Hallo, komm, sagt er zu dem Jungen.

Der versteht nix, ist ein Kurde.

Los, ne Putzfrau her, sagt er zu der Schwester. Die läuft auch sofort los.

Holst du ihn wieder ab?

Nee, macht ein anderer.

Und du regelst das?

Klar, sage ich.

Die Leute in der Aufnahme kenn ich. Den ersten Monat in Hamburg hab ich in der Datenabteilung des Krankenhauses gearbeitet. Rasend nervend, ständig idiotische Fehler beheben, Kleinkram, wie bei diesem Messetypen, und dann noch lächerlich schlecht bezahlt. Aber ich kenne seitdem die meisten Leute in der Verwaltung. In dieser Abteilung sitzen drei Damen. Die eine begrüßt mich wie immer, mit einer trompetenhaften Naivität: Hallihallo.

Ein Störfall, sage ich.

Was? Aber wir hatten heute noch gar keine Probleme, sagt die nette Grauhaarige, die mir jedesmal, wenn ich komme, Gummibärchen schenkt. Hier nicht, aber im Zentralbereich, sage ich. Sehen wir mal. Wieder eine dieser Supernovas. Viren, die man so mit dem herkömmlichen Programm nicht erwischen kann. Arbeiten sich langsam vor. Der zweite Fall, sage ich. Die Damen der Verwaltung stehen auf. Und in ihren Gesichtern ist Ratlosigkeit, ja eine gewisse Ängstlichkeit zu sehen. Ich setze mich vor den Computer.

So, dann wolln wir mal, sage ich und bewege die Finger, wie dieser begnadete Geldschrankknacker im Film, und die Frauen lachen. Das kennen sie schon.

Dann lege ich los. Die Damen beobachten mich nur einen kurzen Augenblick, dann erlahmt ihr Interesse. Sie unterhalten sich über einen Meteoritenschauer, der dann aber gar nicht zu sehen war, der Himmel bedeckt. So ein Pech. Ich arbeite konzentriert, öffne den Speicher, klicke die Zentralstelle an und gebe die Daten ein.

So, sage ich für mich und schalte wieder auf Empfang, höre, wie die Ältere sagt: Tatsächlich, und dann in so einer feinen Gegend. Eppendorf.

Hallihallo trompetet: Die wird man nie los, nie.

Nie welche gesehen, hier in Hamburg.

Die kann man nur zurückdrängen.

Die kommen wieder. Verstecken sich irgendwo. Und dann kommen sie.

So, sage ich laut. Fertig.

Die ältere Dame mit dem blaugraugefärbten

Haar schüttet mir ein paar Gummibärchen in die Hand.

Danke.

Haben Sie schon vom Taubenkiller gehört?

Nein, sagen die drei wie aus einem Mund.

Das bin ich. Ich schieße die Tauben ab.

Bravo, sagt die Grauhaarige und schenkt mir noch ein paar Gummibärchen. Die drei lachen. Natürlich glauben Sie mir das nicht. Was schade ist.

Wir haben zu danken, sagt die Grauhaarige.

Nichts zu danken.

Ich gehe in das Ärztezimmer. Matzel sitzt da mit anderen Ärzten. Er steht sofort auf, sagt: Warte, ich komm raus. Wir gehen auf den Gang. Er steckt sich eine Zigarette an.

Rauchen gefährdet und so weiter.

Ach so, sagt er. Tatsächlich. Er inhaliert in die tiefsten Tiefen. Wenn er spricht, kommen immer wieder kleine Rauchwölkchen heraus: Ist der Blinddarm. Der Junge ist schon in der Chirurgischen.

Ich hab ihm einen netten Namen gegeben: Ali. Und ne Private, also Erster Klasse.

Einen Moment guckt er mich richtig erschrocken an. Mach keinen Scheiß.

Nee, natürlich nicht, alles ganz normal, ganz grau, ganz unauffällig.

Gut, sagt Matzel, aber bitte, und er begleitet das mit kleinen Rauchwölkchen, in Zukunft besser verteilen. Nicht immer hier. Er drückt die Zigarette aus. Nicht immer in dieser Station. Du verstehst. Fällt langsam auf. Nimm doch mal ein anderes Krankenhaus.

Können vor Lachen.

Er zieht sich die nächste Zigarette aus dem Päckchen. Grau sieht er aus und berserkerhaft überarbeitet. Einen Moment denke ich, es ist gut, daß er nicht operiert, nicht in dem Zustand. Als Internist kann er beim Abhorchen ja ruhig einschlafen.

Wo mußt du hin, will er wissen.

Ein Zoologe. Dem ist sein Vortrag abgestürzt. Der muß ihn morgen halten. Etwas über Fledermäuse. Ultraschall. Ich müßte längst dasein.

Warum machen die keine Kopien?

Frag mich. Davon leben wir.

Matzel wird angepiept, holt das Handy heraus. Hört. Ja. Ja. Geht in Ordnung.

Bis bald, sagt er und geht los, den Gang entlang, mit wehendem Kittel, dreht sich nochmals um, winkt noch mal, und da lacht er plötzlich wie erleichtert, laut, und hebt den Daumen, geht und dampft kleine Rauchwölkchen in die Luft.

Ich komme zum Dönerstand, nur ein Blick, und krieg das Flattern. Das Rad ist weg! Aber dann entdecke ich es. Tolga hat es an die linke Innenseite des Stands gestellt. Dieses irre Rot. Wunderschön.

Alles klar?

Ja.

Willst du einen?

Nee, danke, hab im Krankenhaus was zu essen bekommen. Reichlich sogar. Ich habe Tolga nie sagen mögen, daß ich Hammelfleisch nicht mag. Ich mag den Geschmack nicht. Er widert mich an. Tolga hingegen ist so stolz, daß er nun die echten Döner verkaufen kann. Früher hat er an einem Stand gearbeitet, an dem die Fleischspieße aus Kalbfleisch waren. Er hat gekündigt. Aus Überzeugung. Und hat den Job an diesem Stand angenommen. Jedesmal wieder muß ich mir eine Ausrede ausdenken. Ganz am Anfang hätte ich einfach sagen können: Ich bin Vegetarier. In der Türkei wäre ich Vegetarier, wie Elke, wenn auch nicht so buddhistisch kompromißlos. Elke erzählt, die Erleuchtung sei ihr vor einer Schlachterei gekommen. Im Schaufenster lagen Schweinehälften. Und plötzlich war dieses Wort in ihrem Kopf: Leichenteile, sagt sie.

Tolga fräst mit der kleinen elektrischen Säge die feinen Scheiben vom Fleischspieß. Er macht das mit kleinen raschen Bewegungen. Man sieht ihm die Übung an. Er hat eine Zeitlang Maschinenbau studiert, aber nicht abgeschlossen. Jetzt singt er in einer türkischen Rapgruppe. Manchmal improvisiert er am Stand.

Jetzt geht's rund, sagt er.

Tatsächlich, die Burberrys kommen schon über die Straße. Sie drängen aus den nahegelegenen Schiffs- und Maklerbüros. Mittagspause.

Ich hole mir das Rad aus der Bude.

Bis bald.

Bis bald.

Das Grau ist ein wenig aufgerissen. In dem tiefhängenden Dunst ist ein Hauch von Blau zu sehen, Graublau, nein, ein helles Grau, nein, ein faseriges Graublau, dort in Richtung der Katharinenkirche. Ein ganz normaler Tag also, grau mit etwas blau.

Ich steige aufs Rad und nicke Tolga nochmals zu, fädel mich in den Verkehr ein und steige mächtig in die Pedale. Ohne Ohrstöpsel. Ich pfeife, was ich schon seit langem nicht mehr getan habe, ja, fange an zu singen. Jahrelang habe ich im Chor gesungen. Aber dann gingen mir plötzlich die Leute auf den Keks, jedenfalls davor und danach und in der Pause, mit ihrem Gequatsche, dieses sanfte verständnisvolle Gequatsche. Seit ungefähr zwei Wochen habe ich wieder Lust. Vielleicht schlafe ich darum so unruhig. Ich ertappe mich immer wieder beim Singen. Jetzt singe ich laut, sehr laut sogar und immer lauter, ich singe gegen diesen Straßenlärm an: *Der Wolken, Luft und Winden / Gibt Wege, Lauf und Bahn, Der wird auch Wege finden / Da der Fuß gehen kann.* Wer mich so sieht, wird denken, wieder einer dieser Verrückten, die sich in letzter Zeit im Straßenbild häufen.

Gut dreißig Kilometer bis Oldesloe, wo die Fledermäuse in der Sik-Datei warten.

Der Mantel

Sie stieg die Treppe hoch. Dort, wo die Stufen zur Wand hin breiter wurden, in der Ecke des Treppenhauses, blieb sie einen Moment stehen, wartete, bis sie wieder Luft bekam. Ihre Knie zitterten ein wenig, und sie dachte, das ist der Schreck, der sitzt mir in den Gliedern. Noch immer. Sie stieg dann weiter, hielt sich mit der linken Hand am Geländer fest. Die meisten Messingleisten an der Stufenkante waren abgerissen, das Linoleum ausgefranst und mit grauem Mörtelstaub bedeckt. Das Geländer im ersten Stock wackelte. An die Wände waren riesige Strichmännchen gemalt und in einer breiten geschwungenen Schrift Abkürzungen und Namen, die ihr nichts sagten. Als sie vor sechsundzwanzig Jahren in das Haus eingezogen war, wohnte unten noch ein Hausmeister, der jeden Tag fegte und jeden zweiten wischte. Jetzt kamen einmal in der Woche zwei Afrikaner, die das Treppenhaus durchfeudelten.

Sie hörte Schritte von oben kommen und blieb stehen, versuchte ruhig zu atmen, auch das Zittern der Hand zu verbergen. Ein junger Mann kam ihr entgegen, auf der Schulter trug er ein rotes Fahrrad. Er nickte ihr kurz zu. Sie sagte: Guten Tag. Dann drehte sie sich mit dem Rücken zur Wand, so als mache sie ihm mit seinem Rad Platz, tatsächlich aber sollte er ihren Rücken nicht sehen. Ich hätte mir nicht den Mantel anziehen sollen, dachte sie. Es war ein Fehler. Ich hätte den braunen Stoffmantel anziehen sollen. Der war schon recht abgetragen, der Stoff an den Ärmeln blankgewetzt, und hin und wieder mußte sie an den Ärmelkanten mit der Nagelschere die ausgefransten Fäden abschneiden. Und er hielt nicht richtig warm. Warm, wirklich warm, war der andere Mantel, ihr, wie sie es nannte, bestes Stück, ein Nutriamantel. Es war über Nacht kalt geworden, und sie hatte morgens in der Wohnung gefroren. Die Heizung drehte sie erst am Abend auf, kurz vor dem Abendessen, für drei Stunden. Sie hatte sich in den letzten beiden Jahren immer wieder überlegt, ob sie den Mantel nicht verkaufen sollte. Einmal war sie denn auch zu dem Pelzgeschäft in der Osterstraße gegangen, dem letzten Pelzgeschäft im Viertel. Früher hatte es hier vier, nein, sogar fünf Geschäfte gegeben. Jetzt nur noch dieses eine. Und in dem Schaufenster lagen meist nur Lederwaren, kaum noch Pelzmäntel.

Sie hatte den Mantel sorgfältig durchgesehen, zwei Nähte im Futter nachgenäht und ihn über dem Arm in das Pelzgeschäft getragen und auf den Ladentisch gelegt. Der Kürschner sah sich den Mantel an, das Fell, das Seidenfutter.

Gute Arbeit, sagte er.

Ja, sagte sie, und so gut wie neu. Hab ihn nur selten getragen.

Das sieht man.

Er dachte einen Moment nach und nannte dann die Summe. Sie glaubte zunächst, sie hätte nicht richtig gehört, aber er wiederholte sie noch mal. 650 Mark. Er muß die Enttäuschung in ihrem Gesicht gesehen haben, er sagte, tut mir leid, mehr ist nicht drin. Wirklich nicht. Behalten Sie ihn lieber. Niemand will mehr einen Pelzmantel tragen. Schon gar nicht einen teuren. Nerz oder Nutria. Nein. Das Geschäft ist tot.

Sie stand da, überlegte, dachte an die Rechnung für das neue Brillengestell und an die Jahresabrechnung der Elektrizitätsgesellschaft, die in diesen Tagen kommen mußte. Sie strich mit der Hand über das Fell, das bei diesem Licht wie flüssiges Gold aussah, weich und in der Hand spürbar warm, fuhr nochmals sacht gegen den Strich. Das Fell zeigte jetzt ein tiefes Dunkelbraun.

Ich behalt ihn doch lieber.

Und als sie wieder draußen stand, sagte sie laut zu sich selbst: Richtig so.

Bis vor vier Jahren, als sie in Rente ging, hatte sie als Pelznäherin gearbeitet. Viel lieber wäre sie Kürschnerin geworden. Aber das wurden damals, vor dem Krieg, nur die Jungen, Kürschner. Sie würde sowieso heiraten, hatte ihr Vater gesagt, also wozu eine so lange Lehrzeit, drei Jahre, damals. Dagegen nur die zwei Jahre für die Näherin. Und stehen mußte man bei der Arbeit auch nicht. 46 Jahre hatte sie Pelzmäntel mit Seide gefüttert und an Pelznähmaschinen Felle zusammengenäht, Persianer, Seehund, Nerz, Ozelot, Nutria und Biber. Die Kürschner standen an den Werktischen und sortierten die Felle, schnitten Zacken und Streifen, steckten die Felle auf Mantellänge zusammen, dann erst kamen sie zu den Maschinennäherinnen.

Das ist doch das Wunderbare an dem Beruf, hatte Blaser ihr einmal gesagt, kein Fell ist wie das andere. Und das war ja tatsächlich der Unterschied, wenn man mit Stoff arbeitete. Den mußte man nur einfach abschneiden, allenfalls bei Streifen oder Karos mußte man auf den Anschluß achten, aber sonst glich eine Stoffbahn der anderen. Bei Fellen gab es Unterschiede, Unterschiede in der Farbe, der Haarlänge, der Haardichte, oft nur winzige Unterschiede, die man sehen und berücksichtigen mußte. Und die Felle, stammten sie denn von Tieren aus der freien Wildbahn, hatten kleine Schäden. Dort, wo sich die Tiere gebissen oder sich an Dornen oder Felsen verletzt hatten, blieben Narben, kahle Stellen, Kahlauer, solche Stellen mußten dann vorsichtig ausgebessert werden. Es war eine Kunst.

Eine Zeitlang hatte sie in einer Fabrik gearbeitet, in einer Batterienfabrik, dort konnte man mehr verdienen als mit Pelznähen. Es war eine monotone Arbeit, am Fließband Batterien verpacken, darum hatte sie wieder als Pelznäherin angefangen, in einem großen Geschäft in der Hamburger Innenstadt.

Im Winter war die Arbeit am schönsten, wenn sie draußen vor dem Fenster sehen konnte, wie der Schnee fiel, dann wußte sie, das, was sie gerade nähte, würde die Kälte abhalten.

Die Näherinnen saßen sich beim Einfüttern gegenüber, eine ruhige Arbeit war das, bei der man sich unterhalten konnte, von dem erzählen, worauf man sich freute oder wovor man sich ängstigte. Würde sie noch in die Werkstatt gehen, könnte sie davon morgen erzählen, von diesem Schreck heute.

Sie stieg zum nächsten Stockwerk hoch, auch hier war der Fußboden mit einem feinen Staub, mit Sand und Mörtel bedeckt. Das Linoleum und das an einigen Stellen darunter schon sichtbare Holz waren abgeschmirgelt von den Schuhen, die hier treppauf, treppab stiegen. Seit Monaten, genaugenommen seit über einem Jahr, wurde nun schon in dem Haus gebaut, oben, im dritten und vierten Stock. Am Anfang hatte sie auf ihrer Etage, auf der noch drei andere Wohnungen lagen, gekehrt und gewischt, aber irgendwann hatte sie mit dem Kehren und Wischen aufgehört, weil jedesmal nach wenigen Stunden wieder die staubigen Stiefelabdrücke zu sehen waren. Seit ein paar Monaten kamen die beiden Schwarzen, die sie nicht verstehen konnte, weil sie Englisch sprachen. Die beiden schleppten jeder einen Eimer Wasser nach oben und begannen dann, Gummihandschuhe an den Händen, zu wischen. Sie hatte durch den Türspion beobachtet, wie der eine den Schrubber mit dem darumgewikkelten Scheuerlappen in den Eimer tauchte, dann wischte, ohne vorher gefegt zu haben. Sie fragte sich, ob die in Afrika das immer so machten. Zwei Eimer Wasser für das gesamte Treppenhaus.

Hin und wieder traf sie die Arbeiter auf der Treppe. Sie grüßten, aber sonst konnte sie auch die nicht verstehen. Vielleicht waren es Polen, vielleicht Russen, die da oben arbeiteten. Das Klopfen war in ihrer Wohnung überall zu hören, auch wenn sie in der Küche saß, ein Hämmern, Bohren, Klopfen, monatelang, und sie fragte sich, was die da oben so lange taten. Manchmal wurden Eimer mit Sand hinaufgeschleppt, manchmal Ziegelsteine. Dann war wieder nichts zu hören, eine Woche, zwei Wochen lang, nichts, aber der graue Staub, der war immer und an jedem Tag da, bis zum Freitagvormittag, dann kamen die beiden Schwarzen. Am Abend war die Treppe wieder grau, und es knirschte bei jedem Schritt. Sie setzte sich auf die kleine Bank, die in einer Ecke des Treppenhauses angebracht war, und stellte die Tasche neben sich, eine abgewetzte Kunstledertasche, die sie nicht wegwerfen mochte. Ein Geschenk von Karl. Karl Lorenz. Lorenz war im Katasteramt angestellt gewesen. Sie trafen sich einmal in der Woche, meist am Wochenende. Er war geschieden und wollte sie heiraten, wegen der günstigeren Steuerklasse, sagte er, aber das hatte er wohl mehr aus Spaß gesagt. Und: Es sei doch schön, wenn sie zusammen in einer Wohnung wären, gemeinsam essen könnten, und am Morgen, beim Frühstück, würden sie sich ihre Träume erzählen. Das mit dem Träumeerzählen hatte ihr gefallen, aber dennoch wollte sie ihn nicht heiraten. Wenn sie von ihren Bekannten gefragte wurde, warum denn nicht, sagte sie: Ich mag ihn, aber nicht so, nicht zum Heiraten. Lorenz war vor neun Jahren gestorben, plötzlich, auf der Straße, an einer Bushaltestelle, war er umgefallen.

Seitdem war sie allein.

Sie saß da und hätte sich am liebsten mit dem Rücken ein wenig an die Wand gelehnt. Aber sie verbot es sich.

Es war ja nicht mehr weit nach oben, und sie konnte dann in Ruhe den Mantel ausziehen. Wahrscheinlich war es Ketchup. Das konnte sie rauswaschen. Rot war es. Das hatte sie gesehen. Es ging alles so schnell. Es war etwas Rotes. Ja. Ganz sicher. Und die Leute haben gelacht. Das hatte sie gesehen. Das hatte sie am meisten verwirrt, wie die Umstehenden in dem Kaufhaus gelacht hatten. In der Lebensmittelabteilung. Nicht weit vom Käsestand entfernt. Vielleicht war ja auch nichts, dachte sie, vielleicht war da gar nichts, sie hatte nur eine sachte Berührung gespürt, so als würde ihr jemand über den Rücken fahren, keinen Schlag, ein Streicheln, ja, dachte sie, es war wie ein Streicheln. Aber sie hätte heulen können, heulen, als sie rausging, als ihr alle nachschauten, und viele lachten. Auch auf der Straße war sie dann an den Schaufenstern, an den Hauswänden entlanggegangen, ein wenig schräg, so daß der Rücken halb zur Wand zeigte. Einen Augenblick hatte sie überlegt, ob sie den Mantel nicht einfach ausziehen sollte. Es war ihr dann aber doch peinlich gewesen, auf der belebten Straßenkreuzung mit dem Mantel dazustehen, den sie vielleicht gar nicht wieder anziehen mochte. Genaugenommen paßte der Mantel nicht in dieses Kaufhaus und nicht auf diese Straße, nicht in diese Gegend. Früher ja, vor zwanzig Jahren. Aber jetzt nicht mehr. Die Leute hätten nur schadenfroh gegrinst, so wie sie unten in der Lebensmittelabteilung gegrinst hatten. Sie würde das Ketchup oben mit Wasser auswaschen und dann die feuchte Stelle am Rücken aufzwecken, damit sich das Leder nicht verzog. Das war wichtig, auch bei der Arbeit, diese Genauigkeit, beim Einschneiden, damit die Haarlänge stimmt, die Fellfarbe stimmt, so wurden mit einer Zackennaht die Felle verbunden, zu Streifen auf Mantellänge gebracht, und die Streifen zusammengenäht, dann aufgezweckt, das Leder angefeuchtet und aufgezweckt, so bekamen die Fellteile ihre Form. Keine Haare durften eingenäht werden, sonst gab es in diesem wunderschön seidigen Hellbraun des Haars dunkel klumpige Stellen. Das Haar war unfaßbar fein, und niemand, der die Mäntel trug, hatte eine Ahnung, wie schwierig es war, diese Nähte zu nähen, mit welch ruhiger Hand man mit einer Pinzette immer wieder die feinen Haare hinunterstreichen mußte, um eine der kleinen Zackennähte zusammenzunähen.

Wie Sie das machen, so knapp, so schnell, einfach elegant, hatte ihr einmal Herr Blaser gesagt.

Aus einer der Wohnungen war wieder dieses Wummern zu hören, dort waren zwei junge Männer eingezogen, wahrscheinlich Studenten. Die hörten Musik. Schon morgens. In dem Haus wohnten jetzt viele Ausländer und Studenten. Manchmal ekelte sie sich vor den Gerüchen, die aus der Wohnung im ersten Stock kamen, Essensgerüche, sie konnte nicht sagen, welches Gewürz oder welche Gewürze es waren, aber sie mochte den Geruch nicht. Und die Leute über ihr gossen die Blumen so, daß ihr das Wasser am Fenster entlanglief, Fenster, die sie gerade geputzt hatte. Aber immerhin hatten die Leute Blumen. Nur sie und die Leute über ihr hatten in den Kästen Blumen gepflanzt, und in dieser Wohnung mußten zwei Familien wohnen, nach dem Trappeln der vielen Füße zu urteilen, und das, obwohl die Wohnung wie ihre nur zwei Zimmer hatte. Die beiden anderen Wohnungen waren leer, da wurde gearbeitet, da wurde gehämmert und gebohrt. Und sie fragte sich, wie die Leute da oben den Lärm aushielten.

Die Füße waren jetzt warm geworden, richtig heiß, auch der, den sie sich einmal gebrochen hatte, vor vielen Jahren, das war kurz nachdem sie die Nachricht bekommen hatte, daß Helmut in russischer Kriegsgefangenschaft gestorben war. Ein Brief war an seine Eltern gegangen, und die Eltern hatten ihr eine Abschrift geschickt. Sie hatten bei seinem nächsten Urlaub 1944 heiraten wollen. Aber dann war er als vermißt gemeldet worden, bei Tscherkassy. Eine Nachricht kam, ein halbes Jahr später, er sei in Kriegsgefangenschaft geraten. Acht Jahre hatte sie auf ihn gewartet. Bis die Nachricht von seinem Tod kam. Wenn sie daran dachte, wurde sie jedesmal wütend, nicht auf ihn, nicht auf sich, sondern auf die, die das alles angerichtet hatten, wie sie sagte. Heiß wurde ihr dann, und sie spürte ihr Herz, dieses Herz, das manchmal so rasend schlug und dann wieder holperte, ja, sagte sie, es holpert wieder, es setzte aus, als überlege es sich, ob es noch mal schlagen solle, und dabei blieb ihr dann die Luft weg. Das passierte ihr oft im Sommer, wenn es heiß war, und öfter noch im Winter, wie heute, wenn es kalt war, diese feuchte Kälte, die aus dem Grau kroch. Ich hätte den Mantel nicht anziehen sollen, dachte sie. Es gab Vorwarnungen. Es gab Zeichen. Noch als sie arbeitete, in dem Jahr, bevor sie in Rente ging, kam sie eines Morgens zu dem Pelzgeschäft, wie immer, und sah schon von weitem den Auflauf vor dem Geschäft und sah die Leute, die beiden Polizisten und die Besitzerin, die weinte und die der eine Polizist tröstete, und dann sah sie, was da in weißer Farbe groß über die Scheibe geschrieben stand: Mörder. Es war kein großes Geschäft, in dem sie zuletzt gearbeitet hatte, ein kleines Geschäft, kein elegantes. Die meisten Kunden wollten nur Reparaturen, kaum noch Neuanfertigungen. Die Kaufhäuser waren wesentlich billiger, niemand konnte da mithalten. Die Kaufhäuser ließen in Griechenland, später sogar in Hongkong arbeiten. Nerzmäntel für 2000 Mark. Sie hatte sie oft repariert. Der reine Pfusch. Wenn man das Futter auftrennte, sah man das sofort. Überall guckten auf der Lederseite die Haare heraus, büschelweise eingenäht. Und man sah die Nähte auch auf der Fellseite. Richtige Rillen. Ein einziger Pfusch. Aber die Leute hatten keinen Blick dafür.

Blaser war ein Könner gewesen, ja, ein Künstler, der saß da, rechnete, zeichnete und schnitt mit einem Rasierklingenmesser die Auslaßschnitte in die Felle. Das bewunderte sie, wie ruhig er das machte, wie genau, nur wenige, nur sehr wenige der Kürschner konnten so genau, so wundervoll gleichmäßig schneiden wie er. Sie nähte die Streifen dann aneinander, ebenfalls so genau, so exakt, damit sich nichts verschob, damit es keine Dellen im Leder gab, kein Zug entstand, und vor allem durften keine Haare eingenäht werden. Dafür mußte die Nähmaschine genau eingestellt werden, nicht zu hart, sonst verzog sich das Leder, nicht zu leicht, denn dann wurde die Naht zu lose. Eine verzwickte Sache. Übung brauchte man, eine ruhige Hand, ein gutes Auge und Erfahrung. Die sichere

Hand beim Schneiden, die ruhige Hand beim Nähen. Am liebsten hatte sie in all den Jahren für Blaser gearbeitet. Auch wenn sie bei dieser Arbeit nicht reden konnte. Man mußte sich konzentrieren. Es war eine Fummelarbeit. Sie saß an der Maschine, nähte, und wenn sie den Kopf hob, sah sie den Rücken der anderen Näherin, die über ihre Felle gebeugt nähte. Immer wieder war das Surren der Maschinen zu hören. Sieben Näherinnen saßen hintereinander an den elektrischen Maschinen. Was sie störte, war die Zeit. Die Zeit war knapp. Sehr knapp. Die Stempeluhr zeigte für jedes Teil an, wieviel Zeit man daran arbeiten durfte. Manchmal wurden die Zeiten herabgesetzt. Und manchmal mußte sie, damit ihr nicht Geld abgezogen wurde, nach Feierabend weiterarbeiten. Das war oft der Fall, wenn sie für Blaser arbeitete.

Im Sommer setzte sie sich in der Mittagspause ans offene Fenster. Die Werkstatt lag im siebten Stock, und sie konnte über die Straße zum Jungfernstieg blicken. Vom Hafen war das Kreischen der Eimerbagger zu hören, das Nieten von den Werften und das Tuten der Schiffe. Wie sonderbar, dachte sie, daß all die Geräusche, die vom Hafen kamen, verschwunden sind, auch bei Südwestwind hört man nichts mehr. Damals war der Hafen überall in der Stadt zu hören, damals sah man noch die Pelzmäntel, ganz selbstverständlich wurden sie im Winter getragen. Es wurden sogar mehr und noch mehr. Massenware. Die Nerze in winzigen Käfigen.

Und dann kamen die Leute, die dagegen protestierten. So kam es, daß all die Geschäfte schließen mußten, die Kürschner entlassen wurden, Pelznäherinnen als Verkäuferinnen arbeiteten, wie Maria, die sie noch als Maschinennäherin angelernt hatte und die jetzt bei Karstadt Wurst verkaufte. Bei der hatte sie heute die Schnittwurst im Angebot gekauft. Die hätte sie gewarnt. Hätte bestimmt gesagt: Mensch, paß auf! Aber sie war schon in dieser Abteilung, wo all die Dosen standen, nicht weit von der Käseabteilung, wo sie sich etwas Schnittkäse kaufen wollte, da war es passiert. Vielleicht, dachte sie, hätte ich zu Maria gehen sollen, hätte mir einen Lappen geben lassen sollen, sofort, aber dann, als sie all die Leute sah, die dastanden und sie anstarrten, da war sie schnell gegangen, ja, vor diesen Leuten weggelaufen, vor allem vor denen, die lachten, ein dummes, ein schadenfrohes Lachen.

Schon unten im Hausflur hatte sie es gerochen, und jetzt hier auf der Treppe roch sie es. Vielleicht war es irgendein Mittel hier aus dem Haus, in dem es immer roch, seit sie umbauten, nach Kalk, Zement, irgendwelchen Lösungsmitteln.

Sie war ein-, zweimal extra zum Dachboden hochgestiegen, einfach um einmal nachzusehen, wo und was da oben umgebaut wurde. Sie konnte aber in keine der Wohnungen hineinsehen. Sie sah durch das geriffelte Glas der Wohnungstüren Schatten. Sie hörte Stimmen, ohne etwas verstehen zu können. Und sie hörte Bohrgeräusche. Wie kann man nur so lange bohren? Was bohren die? Einmal hatte sie bei der Hausverwaltung angerufen und gesagt, es sei einfach unerträglich, der Schmutz, der Staub, der Lärm. Die Frau am Telefon hatte gesagt, die Wohnungen würden modernisiert. Und als sie der Frau antwortete, das sei eine Zumutung, diese Lärmbelästigung, über Monate, da hatte die Stimme am Telefon – der Stimme nach muß es eine junge Frau gewesen sein – gesagt: Sie können ja ausziehen.

So nicht, hatte sie gesagt, und ihr war heiß geworden, und wenn ihr heiß wurde, kamen ihr alle Gedanken durcheinander, weil dann das Herz so aufgeregt, so unregelmäßig schlug: Hören Sie mal, ich wohn schon 26 Jahre hier. Aber da hatte die Frau von der Hausverwaltung schon aufgelegt.

In den nächsten Tagen hatte sie überlegt, ob sie zum Mieterschutz gehen sollte, hatte sich aber damit beruhigt, daß die Frau am Telefon wohl einfach nur schnippisch gewesen war und daß es keine Drohung war, sie müsse ausziehen.

Hinter der einen Wohnungstür war das Kläffen eines Hundes zu hören, ein Kläffen, wie es nur von einem sehr großen Hund kommen konnte. Jedenfalls klang dieses Bellen tief, laut, drohend. Auch dieser Hund war neu im Haus. Sie hatte jedesmal Angst, dem Tier im Treppenhaus zu begegnen. Bisher hatte sie ihn aber noch nicht gesehen, zum Glück, auch nicht seinen Besitzer. Möglicherweise wurde er nicht auf die Straße geführt. Vielleicht aber auch nur nachts, wenn sie schlief, und sie ging früh ins Bett. Abends, kurz vor sieben, drehte sie die Heizung hoch und sah sich noch einen Film im Fernsehen an, nebenher aß sie, fast immer kalt, Brot, Käse, Wurstaufschnitt, trank Tee, schwarzen Tee. Manchmal kochte sie sich ein Ei. Früher hatte sie sich, kam sie von der Arbeit nach Hause, noch ein warmes Essen gemacht. Jetzt kochte sie vor, für zwei oder drei Tage, und wärmte sich dann das Essen auf. Eintopf. Eintopf aß sie gern, am liebsten Birnen, Bohnen und Speck, ihr Lieblingsgericht. Es erinnerte sie an ihre Mutter, deren Lieblingsessen es ebenfalls gewesen war.

Noch ein paar Stufen, genau sieben Stufen von hier, dann hatte sie es geschafft. Sie ließ sich Zeit, weil sie sich sagte, es kommt jetzt auf ein paar Minuten auch nicht mehr an. Das Ketchup würde sie erst einmal abwischen, mit einem Lappen, dann vorsichtig mit Wasser auswaschen. Es wäre sicherlich besser gewesen, den Mantel gleich auszuziehen und das Zeug abzuwischen. Aber vor all diesen Gaffern. Und dann, ja, da war sie sich sicher, sie hätte, wenn sie es auf dem Mantel gesehen hätte, losgeheult. Jetzt, dachte sie, hatte sie sich an den Gedanken gewöhnt. Sie würde ein Geschirrtuch nehmen, es unter das kalte Wasser halten und dann das Ketchup vorsichtig abreiben. Und wenn das nicht reichte, dann vorsichtig mit etwas Wasser auswaschen. Das Nutriafell würde danach grau werden und stumpf. Das so feine Haar würde sich zusammenrollen. Dafür gab es dann diesen Bügeltrick, den sie von Blaser gelernt hatte. Das Fell mit Essig bestreichen und die Stelle mit einem heißen, aber nicht zu heißen Eisen überbügeln. Dann wurde das Haar glatt und locker und schimmerte wieder ins Braungoldene. Es würde wieder aussehen wie Seide, eine tiefschattige Seide, wunderbar zart und weich.

Die Felle hatte sie sich, nachdem sie so viele Nutriamäntel genäht hatte, vor sechzehn Jahren gekauft. Ein Bund Nutria, das sie für den Großhändlerpreis bekommen und das dennoch ihre Ersparnisse aufgebraucht hatte. Sie hatte sich alles erklären lassen, hatte es sich zeigen lassen von Blaser, dem Schweizer, der geduldig war und ein Künstler, freundlich, den sie mochte, aber dem sie das nie richtig hatte zeigen können, sie wußte nicht wie. Es war genau diese hilfsbereite Freundlichkeit, die etwas Einschüchterndes hatte. Genaugenommen hatte sie auch seinetwegen Nutria gekauft. Nicht Persianer. Persianermäntel waren leichter zu machen, Nutriamäntel aber waren, wenn sie denn so perfekt verarbeitet wurden, Kunstwerke. Blaser beherrschte es wie kein anderer, kaum, daß man die Stelle erkennen konnte, wo ein Fell auf das andere stieß, dort, wo die Haarfarbe, die Dichte, die Rauche und die Länge unterschiedlich sind am Kopf und am Pumpf, wie man das Hinterteil nennt, und nur in einem knappen Bereich von wenigen Millimetern war es möglich, die beiden Felle durch eine Zackennaht zu verbinden. Blaser hatte sich die Zeit genommen, nach Feierabend, und war geblieben und hatte die Stellen markiert, wo sie die Felle einschneiden konnte. Er sah aus wie ein Arzt, wie er dasaß in seinem weißen gestärkten Kittel, die Brille, dieses braungebrannte Gesicht, die schon grauen Haare. Sie hörte ihn gern reden, in diesem ruhigen Schweizer Tonfall. Er saß an dem Tisch und blies zart in das Fell und knickte immer wieder die Felle um, suchte, verglich, suchte Farbnuancen. Er hatte dann, als sie das Rückenteil fertig hatte, also die Fläche, die am größten, am augenfälligsten war, einige Übergänge von Fell zu Fell angeglichen, indem er eine Farblösung hineintupfte. Eine Farblösung, die er aber nie verraten hatte, auch ihr nicht, die ja keine weiteren Mäntel machen wollte noch durfte. Ein Geheimnis, sagte er, die Tinktur hält auch Regen aus. Aber kein Benzin. Nie!

Das wußte sie natürlich: Pelze durften nie, niemals mit Benzin gereinigt werden! Das Ketchup mußte sie auswaschen. Sie dachte daran, daß es vielleicht alles hätte verändern können, damals, als dieser Blaser mit ihr in der Werkstatt blieb. Er hatte ihr die Verarbeitung geduldig erklärt, in den kniffeligen Dingen auch selbst Hand angelegt, und sonst über die Wolken gesprochen, die im Gebirge bald Schnee bringen würden. Er war nicht verheiratet, sonst wußte sie nichts von ihm.

Zwei Monate lang hatte sie an dem Mantel gearbeitet, immer nach Arbeitsschluß, hatte ihn schließlich gefüttert, mit einer dunkelroten Seide, der besten, der teuersten Seide, die der Großhändler führte. Als alles fertig war, hatte sie das Fell leicht mit Essig eingestrichen und den Mantel gebügelt, damit er diesen seidigen Glanz bekam. Und dann hing er da, auf der Puppe, und sie saß mit diesem Blaser davor. Sie hatte eine Flasche Deinhardt-Sekt gekauft und mit Blaser auf den Mantel angestoßen.

Sie hätten Kürschner werden sollen, sagte er, das ist ein ausgezeichnetes Meisterstück.

Sie hatten nochmals angestoßen, und er hatte sie dann überredet, den Mantel sofort anzuziehen. Ein wenig hatte sie es geniert, aber da er es gern wollte, zog sie ihn an, und dann war sie mit ihm über den Jungfernstieg zur U-Bahnstation Gänsemarkt gegangen, an einem kühlen, aber sonnigen Oktobernachmittag. Es war gerade noch so viel Tageslicht, daß man den Mantel sehen konnte, das Fell, den seidigen Glanz, dieses sich einschattende Goldbraun. Sie war neben Blaser gegangen und hatte gefragt, ob sie sich bei ihm einhaken dürfe. Ja, gern. Und so waren sie über den Jungfernstieg gegangen, so selbstverständlich, wie sie es sich bei ihrer Arbeit an all den anderen Mänteln gewünscht hatte. Ein elegantes Paar. Am Eingang zu der U-Bahnstation hatten sie sich verabschiedet. Einen Moment hatte sie gehofft, er würde sie einladen, einen kurzen, kühnen Augenblick hatte sie sich sogar ernsthaft überlegt, ob sie ihn nicht einfach einladen sollte, aber dann hatte sie ihm die Hand gegeben und war hinuntergegangen und nach Hause gefahren.

Sie schloß die Tür auf. Auch in der Wohnung roch es nach diesem Lösungsmittel. Sie blieb erst einmal stehen, um wieder ruhig atmen zu können. Dann ging sie in die Küche, stellte die Kunststofftasche auf den Tisch, behielt noch einen Moment den Mantel an, weil sie fröstelte. Dann faßte sie sich ein Herz und zog den Mantel aus, drehte ihn um und sah den großen roten Fleck, noch immer feucht, am ganzen Rücken hinuntergelaufen, getropft, ein leuchtendes Rot, in das sie mit dem Finger tupfte, um daran zu riechen, aber schon im Berühren wußte sie, was es war, Ölfarbe, Lack, und der war nicht mehr aus dem Fell herauszukriegen. Sie setzte sich hin, langsam, nahm den Mantel auf den Schoß und drückte das Gesicht in dieses weiche Fell, ohne darauf zu achten, daß sie sich mit diesem Rot beschmierte, ihren Rock, die Strickjacke, ihre Arme, die Hände.

Das Schließfach

Nachmittags, kurz nach drei, rief Steiner an, er sei auf der Durchreise, ob ich Lust und Zeit hätte, ihn im Bahnhof zu treffen.

Ich mag keine Bahnhofsrestaurants und fragte, ob wir uns nicht woanders treffen könnten. Steiner sagte, er könne nicht weit gehen, er habe Probleme mit seinem rechten Bein. Und noch etwas, ob ich eine Sicherheitsnadel mitbringen könnte. Er sei in eine aberwitzige Geschichte hineingeraten, der reine Wahnsinn, er wolle mir das später ausführlich erzählen.

Also gut.

Bis gleich, und denk an die Sicherheitsnadel.

Bis gleich.

Ich lebe wochen-, ja monatelang in dieser Stadt und nichts Erzählenswertes passiert. Steiner steigt in München aus und wird sofort in eine Geschichte verwickelt, an deren Ende eine Sicherheitsnadel nötig ist. Er erlebt das, was ich mir nur am Schreibtisch ausdenke.

Vor gut sechs Jahren habe ich Steiner zum ersten Mal getroffen. Er war damals Ende Vierzig, wirkte jedoch älter, der kurzgeschnittene Bart und das Haar waren schon graustichig. Das Auffälligste an ihm aber war seine Gestalt, mittelgroß, gedrungen und von einer geradezu bedrohlichen Kompaktheit.

Es war Mitte März, ein sonniger, jedoch kühler Tag. Am Horizont waren die Voralpen zu sehen, noch immer schneebedeckt. Wir waren zum See hinuntergegangen und hatten eine Zeitlang auf dem Bootssteg gesessen und über Belangloses geredet. Plötzlich stand er auf und begann sich auszuziehen. Er sagte, wenn er einen See sehe, dann müsse er schwimmen.

Das Wasser ist eisig, sagte ich, der See war noch vor einem Monat zugefroren. Und am Wochenende ist ein Kajakfahrer ertrunken, gekentert, keine hundert Meter vom Ufer entfernt.

Steiner aber zog die Jacke aus, knöpfte sich das Hemd auf, stieg aus der Hose, stand einen Moment in einer türkisfarbenen Unterhose da, die er sich dann aber auch noch auszog. Sein beachtliches Glied hing etwas nachdenklich nach links. Er hatte den Oberkörper eines Ringers der Schwergewichtsklasse.

Sei vorsichtig, sagte ich.

Langsam watete er durch das knietiefe Wasser, machte keine dramatischen Gesten oder die Kälte kommentierenden Ausrufe, sondern tauchte ein und schwamm hinaus, bis zur Boje, kam zurück und sagte: Schön klar das Wasser. Da wir kein Handtuch hatten, ließ er sich von dem kalten Märzwind trocknen. Ich sah, er fror jetzt, er stand da wie mit hellblauer Farbe übergossen.

Ein Naturbursche, jemand, mit dem man die transversale Alpenüberquerung wagen könnte, das war mein Eindruck an diesem Nachmittag. Dabei hatte ich aus den Erzählungen von seinem langjährigen Freund Stapelfeld ein ganz anderes Bild bekommen. Eine Art trinkfester Alfred Rubinstein. Spät in der Nacht. Drei Flaschen Rotwein hatten sie schon getrunken. Da setzt Steiner sich ans Klavier und spielt Chopin. Perfekt, fast konzertreif. Steiner behauptet, Alkohol löse die Finger. Endlich hört Steiner zu spielen auf. Sofort beginnt ein wildes Klopfen im Haus. Ein Hämmern an den Heizungsrohren. Stapelfeld denkt an den nächsten Morgen, was er seinen Nachbarn sagen soll. Steiner jedoch spielt weiter, und da, da hört das Klopfen auf. Steiner spielt und spielt, kein Klopfen. Steiner hört auf, sofort beginnt wieder das Klopfen. Verstehst du, das war ein auf die Heizungsrohre getrommeltes Dacapo. Steiner spielt weiter. Hört auf, wieder das Heizungsrohrdacapo. Das alles nachts um drei, mußt du dir vorstellen. Zwischendurch trinkt Steiner den teuren Bordeaux, die Flasche zu 60 Mark, so nebenher, als sei es tunesischer Industriewein. Gegen Morgen rutscht Steiner vom Klavierbock, sackt erschöpft auf dem Boden zusammen. Schläft wie bewußtlos. Unmöglich, ihn ins Bett zu bringen. Stapelfeld schüttelte den Kopf, nachdenklich, als wundere er sich noch immer über Steiners Gewicht. Ein Mann mit einer extremen musikalischen Begabung, aber die wiegt – leider – nicht die anderen Eigenarten auf, Eigenarten, die sich genaugenommen schon in seinem Namen aussprechen. Steiner. Richtig betont, sagt der alles. Ich, sagte Stapelfeld, bin überzeugt, daß Familiennamen bestimmte charakterliche Grundeigenarten verraten, nicht immer, zugegeben, aber oft mit einer erstaunlichen Korrespondenz. Eigner. Lister. Steiner. Ein Monomane. Er zieht jeden, ich sage jeden, mit dem er in Kontakt kommt, in seine Händel und Streitigkeiten. Jeden!

Was war denn, ich meine, mit dir?

Stapelfeld hob die Hand und ließ sie resigniert wieder sinken. Steiner, das ist die Dekonstruktion in Person, sagte er nach einer kleinen nachdenklichen Pause. Aber es war herauszuhören, daß diese nachdenkliche Pause nicht neu war.

Ich war durch die Erzählungen Stapelfelds neugierig geworden. Und als Steiner vor gut sechs Jahren anrief und mich von einem gemeinsamen Bekannten, nämlich Stapelfeld, grüßen ließ und fragte, ob er, der auf der Durchreise nach Berlin sei, bei mir übernachten könne, sagte ich sofort ja.

Er kam. Wir gingen zum See. Er schwamm. Abends aßen wir zusammen, und er erzählte – bis in die Nacht – von seinem Hauswirt in Paris und von einer Kündigung. Eine höchst verwickelte Geschichte, die sich in immer neuen und anderen Geschichten verlor, vom Hölzchen aufs Stöckchen kam, eine Geschichte, die schließlich darin gipfelte, daß er morgens, als er aus Paris abfahren wollte, von seinem Vermieter, dem Besitzer des Hauses, angeschrien worden war, der, wie Steiner sagte, verständlicherweise – man müsse sich ja auch immer in die andere Seite hineinversetzen – verbittert war, worauf er, Steiner, aber keine Rücksicht nehmen konnte, schließlich habe er die Wohnung mit einer festen Zusage vermietet bekommen – jedenfalls am Ende, also an diesem Morgen, hatte der Vermieter ihn sogar mit einer Bratpfanne bedroht.

Noch im Traum versuchte ich, diese Verknotung verschiedener Zu- und Absagen zu entwirren. Steiner stritt mit einem Franzosen, der wie de Gaulle aussah. Es war mir peinlich. Ich dachte, das Bild der Deutschen könne sich nur abermals bestätigen, darum versuchte ich zu schlichten. Daraufhin gingen beide auf mich los, Steiner und der Franzose, sie verbündeten sich gegen mich, sie brüllten, sie rempelten mich an. Sie drängten mich in eine Abstellkammer. Die Tür wurde von außen verschlossen. Ich stand im Dunkeln und hämmerte gegen die Tür. Im Aufwachen hatte ich noch die Stimme des Franzosen im Ohr: Ferme ta goche!

Am Morgen, beim Frühstück, erzählte ich Steiner, daß ich nachts, auf Französisch, geträumt hätte.

Er sagte, ja, ja, er habe wohl gestern abend etwas zu viel getrunken und darum auch etwas viel geredet. Das kommt, sagte er, weil ich seit Wochen mit niemandem mehr gesprochen habe. Und dann fragte er mich, wie es mir denn so gehe.

Die Frage überraschte mich derart, daß ich sofort beteuerte: Gut, und da er mir von seinen Geldnöten, seinen Wohn- und Mietproblemen erzählt hatte, sagte ich noch: Sehr gut sogar.

Jedesmal, wenn Steiner später auf Besuch kam, fragte er mich, wie es mir ginge, und jedesmal sagte ich dann: Gut. Dann konnte er loslegen.

Stapelfeld erklärte die Erlebnisfülle damit, daß Steiner viel herumreise. Und zwar nicht wie du oder ich in der Ersten Klasse, wo mit der Beinfreiheit zugleich die soziale Distanz vergrößert wird, sondern immer in der Zweiten Klasse, Knie an Knie mit einer Rentnerin oder einer Studentin. Und das beschert ihm diese permanente soziale Reibung, verstehst du. Während wir in Mittelklassehotels übernachten und dort die langweiligen Manager treffen, schläft er auf dem Sofa von Sievers, einer Frau, die auf ihrer Dachterrasse halluzinogene Pilze zieht, auf Kuhdung. Kuhdung, den sie auf oberbayrischen Wiesen sucht. Steiner mußte nach einem solchen Hexenritt für eine Nacht in ein Krankenhaus, wo sie ihm mit drei Eimern Salzwasser die Pilze aus dem Magen gespült haben. Oder er steigt in einer Billigpension am Bahnhof ab, einem Billigpuff, wo ihm nachts der Portier, ein

Perser, seine Lebensgeschichte erzählt, ein ehemaliger Oberst der Leibgarde des Schahs. Stapelfeld, der ansetzte, die Geschichte des Obersten nachzuerzählen, fiel sich selbst ins Wort, sagte, nein, es ist noch etwas anderes, etwas Grundsätzliches, was Steiner diesen Erlebnisreichtum beschert – Steiner eckt überall an, auch da, wo wir uns geschmeidig den Dingen anpassen, ja, er rennt gegen die Verhältnisse an, und ihm geht sonderbarerweise jegliches Peinlichkeitsgefühl ab. Uns, sagte Stapelfeld, quälen immer die Überlegungen: Was werden die Leute denken, was werden sie sagen, Überlegungen, nein, Empfindungen, die Widersprüche schon im Keim ersticken. Wir haben ein Bild von uns, das auch die anderen von uns haben sollen. Also verhalten wir uns taktisch. Steiner ist nicht taktisch. Wie die anderen ihn sehen, ist ihm scheißegal. Er legt sich in einer Arztpraxis auf den Boden, das mußt du dir vorstellen, er liegt dort, bis der entnervte Arzt, der sonst nur Privatpatienten behandelt, die sich vor Wochen angemeldet haben, ihm die Prostata abtastet. Aber warte mal, das Beste kommt noch, als der Arzt ihm die Rechnung schickt, eine gesalzene, versteht sich, da weigert sich Steiner, die zu zahlen. Er schreibt dem Arzt, und ich habe den Brief gesehen: Bitte klagen Sie. 2000 Mark für einmal den Finger in den Arsch stecken, das ist sittenwidrig.

Steiner liegt mit allen im Clinch, mit Hausbesitzern, mit Behörden, mit Steuerberatern, mit Ärzten, mit allen, die Geld von ihm wollen, die ihm

Rechnungen stellen. Hohe Rechnungen. Und wo werden keine hohen Rechnungen gestellt? Wir, wie die meisten, zahlen, ärgern uns dann aber tagelang. Aber da es alle tun, sind die hohen Rechnungen normal und auch der stille Ärger darüber. Nicht so Steiner. Sein Ärger ist immer laut. Auf Klageandrohungen reagiert er nicht. Er lebt am Existenzminimum, schreibt verbohrt und beharrlich seine Bücher. In seiner Einzimmerwohnung findet kein Gerichtsvollzieher etwas Pfändbares, nur Stühle, eine Schreibmaschine, einen Schreibtisch und ein paar Bücher. Weißt du, er ist jemand, der in einem utopischen Kommunismus lebt, gefühlsmäßig, mein ich, alles soll nichts kosten, und er selbst verlangt ja auch nichts. Das mußt du dir vorstellen, jemand, der hier gegen das Geld lebt.

Steiner saß im Bahnhofsrestaurant an der rückwärtigen Wand und winkte mir zu. Er umarmte mich, blieb dabei aber sitzen, wie es alte Leute tun, denen das Aufstehen schwerfällt. Er sah gut aus, das Gesicht gebräunt, er kam ja auch gerade aus Italien, lachte, bestellte bei der Bedienung noch ein Helles für sich und für mich eine Apfelschorle. Das merkt er sich auf eine rührende Weise, was man gern ißt, was man zu welcher Zeit gern trinkt. Er fragte, ob ich an die Sicherheitsnadel gedacht hätte. Ich legte sie auf den Tisch.

Prima, sagte er, ohne sie anzurühren, ihm sei nämlich etwas völlig Verrücktes passiert. Also, sagt er, er sei gestern aus Italien angekommen, um 18.30. Die Uhrzeit ist wichtig für die Geschichte, betonte er: 18.30. Münchner Hauptbahnhof. Er habe sich ein Schließfach gesucht, die beiden Reisetaschen hineingeschoben, das erforderliche Zweimarkstück eingeworfen, was doch viel zu viel ist, für so ein kleines Fach – also gut –, er schließt das Fach mit dem Schlüssel ab und fährt zu einem Bekannten, bei dem er übernachtet hat. Heute morgen war er im Verlag mit seinem Lektor verabredet. Nach dem Mittagessen ist er dann zum Bahnhof gegangen, um das Mitbringsel für mich herauszuholen, die Reisetaschen wieder einzuschließen, anschließend wollte er zu mir fahren.

Steiner bringt mir, kommt er aus Italien, jedesmal etwas mit, eine Flasche Rotwein, ein Panettone, ein Stück Parmesan. Ich erwartete auch jetzt, daß er nach unten, neben den Stuhl greifen und aus seiner Reisetasche etwas herausziehen würde, aber am Boden stand keine Tasche, und Steiner, der meinen suchenden Blick bemerkt hatte, zeigte auf die Sicherheitsnadel und sagte, warte, die Geschichte beginnt erst. Der Steiner, sagte Steiner, der die merkwürdige Angewohnheit hat, manchmal von sich in der dritten Person zu reden und sich dann auch noch bei seinem Nachnamen zu nennen, Steiner geht also zum Schließfach mit der Nummer 714, an der eine kleine rote Lampe leuchtet. Die Lampe soll anzeigen, daß 24 Stunden abgelaufen sind, die Zeit also überzogen ist. Will man jetzt seine Sachen herausholen, muß man, um aufsperren zu können, abermals ein Zweimarkstück einwerfen. Nun fehlten aber für den angegebenen Nachzahltermin noch gute drei Stunden. Steiner geht zur Schließfachaufsicht und sagt dem dort sitzenden Aufseher, er habe sein Fach mit einer rot leuchtenden Lampe vorgefunden und könne es nicht aufsperren. Der Schließfachaufseher sagt: Er müsse zwei Mark nachwerfen.

Weiß ich doch, sagt Steiner und erklärt dem Mann, daß er erst vor 21 Stunden das Schließfach abgeschlossen habe. Es fehlen also noch gute drei Stunden. Der Aufseher kommt mit demonstrativ gezeigtem Widerwillen aus seinem Aufsichtsraum, schließt die Tür ab, geht mit Steiner zum Schließfach 714. Er läßt sich von Steiner ein Zweimarkstück geben, wirft es ein, öffnet die Tür, und sagt: Sehen Sie.

Ja und? Das hätte ich auch gekonnt. Die Uhr geht nicht richtig.

Die Uhr geht richtig, die Uhr ist immer richtig gegangen. Es hat noch nie eine Beschwerde gegeben.

Steiner wird langsam ungeduldig. Hören Sie mal. Das beweist doch nichts, daß sich bisher noch niemand beschwert hat. Die Leute haben einfach zwei Mark nachgeworfen. Die wollten sich genau das ersparen, was ich jetzt mache, mit Ihnen darüber zu diskutieren, ob das Schließfach funktioniert oder nicht. Ich will die zwei Mark zurückhaben.

Das geht nicht. Verstehen Sie nicht? Sie haben doch die Zeit überzogen.

Schon das Wörtchen doch war eine Unverschämtheit, sagte Steiner, und dann noch dieses Patzige: Verstehen Sie nicht? So als wäre ich begriffsstutzig.

Steiner verbittet sich dieses Doch und das Verstehen Sie nicht und sagt scharf und laut: Das ist beweisbar, anhand meiner Fahrkarte. Ich bin gestern hier angekommen, aus Rom. Gucken Sie sich die Fahrkarte an.

Da kann ich doch nur lachen, sagt der Schließfachkontrolleur.

Da wurde ich laut, sagte Steiner, sehr laut: Ihnen wird das Lachen noch vergehen. Und dann rutschte ihm ein Wort aus dem Mund, das er zuvor noch nie gebraucht hatte, ja nicht einmal gedacht hatte, er brüllte: Sie grüner Kontrolltrottel.

Warum grün? fragte ich.

Frag ich mich auch, sagte Steiner, und dann dieses Wort Kontrolltrottel, wahrscheinlich unterbewußt hervorgetrieben von diesen Lautzwillingen, den O, T und L. Und als wär das eine geniale Erfindung, brüllte ich nun gleich dreimal: Kontrolltrottel, Sie Kontrolltrottel!

Sprich das mal aus. Extrem schwer. Aber ich bin dabei nicht einmal angestoßen, sondern habe es gut artikuliert über die Lippen bekommen.

Bei dem Wortwechsel hatte sich ein Auflauf gebildet. Genaugenommen erwarten doch alle auf Bahnhöfen, daß etwas Ungewöhnliches passiert. Die Leute verfolgten neugierig den Wortwechsel.

Spätestens hier, in Anbetracht der neugierigen Menge, hätte ich, denke ich, aufgegeben, wäre, getrieben von dem mich seit meiner Jugend begleitenden Peinlichkeitsgefühl, gegangen. Steiner aber, dem, was andere denken, egal ist, ließ nicht locker: Warum soll ich nachzahlen, wenn die Uhr falsch geht?

Der Schließfachaufseher zögert, sagt schließlich, gut, er werde den zuständigen Techniker fragen. Der Techniker ist sofort zur Stelle, wahrscheinlich hat er schon vorher den Wortwechsel verfolgt. Steiner soll die Tür aufschließen.

Steiner tut es.

Der Techniker untersucht den Mechanismus und sagt, die Uhr sei intakt, es könne nur an der mangelhaften Bedienung des Schließfachs durch den Benützer gelegen haben.

Kannst du dir das vorstellen? Diese Unverfrorenheit! Um einen defekten Uhrmechanismus zu rechtfertigen, wird mir ein Bedienungsfehler angehängt. Als wäre ich der letzte Idiot.

Probieren Sie es, sagt der Schließfachaufseher.

Steiner sucht in seinem Portemonnaie zwei Markstücke, wirft sie ein. Ich denke natürlich, der Techniker holt das Geld wieder raus. Ich schließe die Tür, ziehe den Schlüssel ab, rüttel an der Tür, sage: Sehen Sie, die Tür ist zu!

Ja, sagt der Schließfachaufseher, und jetzt, nach 24 Stunden, leuchtet die kleine Lampe rot auf. Aber, sagt Steiner, jetzt ist das Fach abgesperrt.

Ja. Sie haben es doch abgesperrt.

Ich mußte in dem Moment alle Kraft zusammennehmen, um nicht loszubrüllen. Hören Sie, ich wollte aus meiner Reisetasche nur etwas herausholen und dann das Fach wieder absperren.

Dann müssen Sie eben nochmals zwei Mark reinwerfen.

Das ist doch Wahnsinn, erst zwei Mark wegen einer falschen Zeit und jetzt nochmals zwei Mark zum Ausprobieren.

Ja, ja, Geld regiert die Welt, sagt der Schließfachaufseher und will gehen.

Moment! Ich will die zwei Mark zurück!

Geht doch nicht, sagt der Schließfachaufseher. Das Geld wird registriert. Muß ich doch sonst aus meiner Tasche zahlen.

Und meine Tasche, was ist mit meiner Tasche?

Die ist doch eingeschlossen.

Werden Sie nicht frech. Glauben Sie etwa, ich soll das zahlen?

Natürlich, Sie wollen doch die Tasche einschließen, sagt der Schließfachaufseher und dreht sich um, drängt sich zwischen den Neugierigen hindurch, die einen Kreis um uns gebildet haben.

Steiner brüllt: Diebstahl! Räuberbande! Diebe! Steiner brüllt so laut, daß er sogar die Bahnhofsansagen übertönt. Diebstahl! Der Schließfachaufseher versucht, durch schnelles Gehen dem brüllenden Steiner in der Bahnhofshalle zu entkommen. Vergeblich. Er bleibt gleichauf und brüllt: Festhalten. Diebstahl! Aber da der Schließfachaufseher eine Bahnuniform trägt, wagt niemand, ihn festzuhalten. Der Mann versucht, seinen verglasten Dienstraum zu erreichen. Steiner brüllt: Diebstahl.

Zwei Bahnpolizisten tauchen auf. Der eine führt einen Schäferhund an der Leine. Der Hund trägt einen Maulkorb aus Drahtgeflecht.

Das, sagte Steiner, mußt du wissen, sind die bissigsten Hunde, die mit einem Drahtkorb.

Die Polizisten wechseln, als sie sehen, daß ein Schließfachaufseher des Diebstahls beschuldigt wird, die Richtung und entfernen sich mit ihrem Schäferhund wieder.

Der Schließfachaufseher öffnet schnell mit seinem Vierkantschlüssel die Tür und schlägt sie hinter sich zu.

Steiner trommelt gegen das Glas des Schalters, verlangt, den Vorgesetzten des Aufsehers zu sprechen.

Herr Schwarz, zweiter Stock, dritte Tür links, ruft der Schließfachaufseher durch ein Sprechloch in der Scheibe. Er wischt sich den Schweiß von der Stirn. Er ist außer Atem. Er ist rot angelaufen. Steiner sieht noch, wie er sich in seinen Sessel fallen läßt.

Steiner läuft die Treppen hoch, dritte Tür links, stürmt ins Zimmer. Herr Schwarz sitzt am

Schreibtisch. Herr Schwarz faltet gerade das Butterbrotpapier zusammen. Herr Schwarz sagt: Normalerweise klopft man an.

Was, sagte Steiner, schon eine Unverschämtheit war, aber gut. Steiner, noch außer Atem, sagt, er käme von unten, von den Schließfächern. Herr Schwarz sagt: Moment. Herr Schwarz sagt: Nun mal langsam. Es gibt drei Sorten von Schließfächern, das alte Modell von 1967, wobei gleich gesagt sein muß, daß dieses Modell immer noch sehr gut funktioniert, gerade die Uhren gehen sehr genau, sagt Herr Schwarz.

Also, sagte Steiner, war der Herr Schwarz von dem Schließfachaufseher schon telefonisch vorgewarnt worden.

Sodann, sagt Herr Schwarz, gibt es das neuere Modell, das aber noch nicht das neueste Modell ist. Auch bei dem neueren Modell funktionieren die Uhren sehr gut. Und bei dem neuesten sowieso. In welches Modell haben Sie Ihre Sachen eingeschlossen?

Woher soll ich das wissen? Ich habe die Nummer 714.

Aha, sagt Herr Schwarz und blickt auf einen Plan, also unser mittleres Modell.

Steiner sagt, ihm sei das Modell egal, er könne zweifelsfrei beweisen, und zwar an Hand seines Fahrscheins, daß er morgens um 8.15 Uhr von Rom abgefahren sei, die 24 Stunden also noch nicht abgelaufen sein können, denn der Zug sei erst um

18.30 angekommen. Er reicht dem Herrn Schwarz den Fahrschein. Herr Schwarz starrt auf den Fahrschein, dann sagt er, aber da steht nicht die Ankunft drauf.

Das sagt, mußt du dir vorstellen, sagte Steiner, ein Bundesbahnbeamter.

Man kann doch nachsehen, wann der Zug angekommen ist, nämlich um 18.30.

Herr Schwarz ruft seine Sekretärin, sie soll heraussuchen, wann der Zug aus Rom ankommt.

Um 18.30.

Aha. Herr Schwarz denkt nach, dann sagt er, diesen Fahrschein könnte auch ein anderer in Rom abgestempelt haben.

Steiner zwingt sich, ruhig zu bleiben, versucht, sachlich zu argumentieren, also sagt er, es sei doch etwas übertrieben, wegen zwei Mark eine internationale Verschwörung in Gang zu setzen, also jemand, der in Rom die Fahrkarte abstempelt, einer, der abfährt, ihm den Fahrschein überreicht, um dann diese zwei Mark zu reklamieren, die eine Überziehungsgebühr sind, wobei er ja dann schon lange geplant haben müsse, an eben dem Tag zu überziehen, also die ganze Planung geradezu generalstabsmäßig hätte in Gang gesetzt werden müssen. Nein, das ist doch Irrsinn!

Herr Schwarz sagt streng: Werden Sie bitte nicht ausfallend. Herr Schwarz denkt nach. Herr Schwarz grübelt. Herr Schwarz sagt: Werweiß, werweiß. Dann denkt er wieder nach.

Steiner vermutet, daß Herr Schwarz Bahnamtmann ist, vielleicht sogar ein studierter, also Bahnrat. Schließlich gibt sich Herr Schwarz sichtlich einen Ruck. Er schreibt eine Quittung aus über DM 2, Datum, Uhrzeit. Dann läßt er sich die zwei Mark quittieren. Die könne sich Steiner bei der Schließfachaufsicht abholen. Genaugenommen müsse er ja nochmals zwei Mark haben, sagt Steiner, denn der Aufsichtsbeamte habe ihn überredet, zur Probe zwei Mark hineinzuwerfen. Nein, sagt der Herr Schwarz streng, das bekommen Sie nicht ersetzt. Sie haben sie ja freiwillig eingeworfen.

Steiner geht die Treppen hinunter, geht in den Bahnhof, zu dem verglasten Fenster. Er läßt sich die zwei Mark auszahlen.

Hier, sagte Steiner und zog aus der Tasche ein Zweimarkstück, hielt es mir vor die Nase, blickte mich erwartungsvoll an, als müsse ich jetzt vor Staunen die Augen verdrehen. Und ich machte denn auch so einen blödsinnigen Ausruf und sagte: Donnerwetter.

Aber, sagte Steiner, er habe es sich nicht verkneifen können, dem Schließfachwärter zu sagen: Sie könnten ruhig etwas souveräner sein. Und jetzt passiert das Verrückte, sagte Steiner, dieser Mann, den ich zuvor mit Kontrolltrottel angepöbelt habe, der Mann beginnt, bei dem Wort souveräner zu schreien, er stürzt aus seinem Glashäuschen, er brüllt, und wieder bleiben Reisende stehen, wieder tauchen in der Ferne die beiden Bahnpolizisten mit dem Hund auf, sie kommen, da jetzt der Schließfachaufseher brüllt, schnell näher. Der eine bückt sich, nimmt dem Hund den Maulkorb ab.

Steiner blickte auf die Uhr und sagte, wir müssen gehen, ich muß die Taschen noch rausholen und das Geschenk für dich.

Er stand abrupt auf, und da sah ich, was bisher vom Tisch verdeckt worden war, das große Dreieck in seiner Leinenhose. Ein Lappen hing in der Höhe des Oberschenkels herab. Am Schenkel war deutlich der Abdruck von Zähnen zu sehen. Rotblau, blutunterlaufene Punkte, dort, wo die Reißzähne sitzen, waren Abschürfungen und vier kleine getrocknete Blutkrusten zu sehen.

Meine Güte!

Tja, sagte er nur, nahm die Sicherheitsnadel und steckte sich den Dreiangel am Hosenbein hoch.

Kann man die nicht verklagen?

Klar, aber wenn du dich gewehrt hast, sieht es schlecht aus für dich.

Wir können in der Bahnhofsapotheke etwas Jod kaufen.

Ach was, sagte er, Polizeihunde werden regelmäßig auf Tollwut untersucht.

Ich hätte dir eine Hose mitbringen können.

Nee. Soll ruhig jeder sehen. Ich will nur nicht, daß dieser Lappen so runterhängt, stört beim Laufen. Wir müssen los, der Zug geht gleich, sagte er. Man kann sich nicht alles bieten lassen. Ich zahlte, und wir gingen zu den Schließfächern. Dort waren gerade zwei Aufseher dabei, die Münzen aus den Schließfächern zu holen, das heißt, einer nahm die schmalen Tresore heraus und schüttete die Geldstücke in eine große Ledertasche. Der andere stand daneben, offensichtlich als Aufseher. Was absolut überflüssig war, niemand mit Verstand würde versuchen, diese schwere Ledertasche voller Münzen zu stehlen. Der Schließfachaufseher hob sie mit Mühe hoch. Und wieder schüttete er einen Schwung Münzen in die Tasche. Er richtete sich auf und entdeckte Steiner, der eben sein Fach aufgeschlossen hatte und die Reisetaschen herauszog.

Sie haben hier Hausverbot!

Steiner zögerte einen Moment, dann zog er die zweite Tasche heraus. Hören Sie mal, sagte er, und er sagt das schon ziemlich laut, hier gibt es kein Hausverbot, das ist völlig absurd, das ist ein Bahnhof, der ist öffentlich. Absolut öffentlich. Niemand kann da ein Hausverbot aussprechen.

Er sah mich an, so, daß ich mich regelrecht gedrängt fühlte, zu sagen, natürlich ist der öffentlich. Um das mit einer Geste zu unterstreichen, wollte ich mir an die Stirn tippen, bremste mich aber, weil ich daran dachte, daß einen Vogel zeigen 500 Mark kosten kann, und so fuhr ich mit dem Zeigefinger knapp an der Stirn vorbei, zeigte blödsinnigerweise nach oben zur Decke. Gleichzeitig ärgerte ich mich über mich, weil ich so ängstlich, ja gehorsam diese Geste abgebrochen hatte. Auch Steiner wird es bemerkt haben, dachte ich, diesen vorauseilenden Gehorsam.

Dies ist nicht die Gleisanlage, sagte der Aufseher, der auf den geldeinsammelnden Schließfachaufseher aufpaßte, also der Aufseher des Aufsehers war. Sie wissen doch, die Bundesbahn wird privatisiert. Er betonte es so, als hätten wir die Privatisierung gefordert. Der Schließfachraum ist von einer privaten Firma gepachtet. Ich sage das nur, damit Sie Bescheid wissen.

Das alles interessiert mich einen Dreck, einen Scheißdreck, brüllte Steiner, ich hole meine Taschen, wann, wo und wie ich will.

Er brüllte so laut, daß jetzt auch von der Bahnhofshalle Reisende aufmerksam wurden und in den Schließfachraum hereindrängten. Der Auflauf, Steiners Schreien, all das wurde mir peinlich. Ich versuchte zu vermitteln, sagte: Er muß doch wohl noch seinen Koffer herausholen können. Das wäre ja sonst völlig absurd, sagte ich, was mir dann aber weit lauter und schärfer als beabsichtigt herausgerutscht war, besonders dieses: völlig absurd. Und ich hatte mir dabei wie unter Zwang an die Stirn getippt, so als müsse ich endlich die vorhin unterdrückte, lächerlich abgebogene Geste richtig und deutlich ausführen.

Der Aufseher des Schließfachaufsehers blieb ganz ruhig, zeigte sogar ein betont spöttisches Lächeln, pulte gelassen an seinem Zeigefinger, was derart bewußt wirkte, daß es mich empörte, weil seine Geste so durchschaubar darauf ausgerichtet war, Leute einzuschüchtern. Wahrscheinlich war der Mann polizeipsychologisch geschult. Er sagte betont gelassen, ich will mich nicht mit Ihnen streiten und schon gar nicht darüber, was absurd ist und was nicht. Sonst könnte ich sagen, absurd ist, wenn man das Wort absurd für alles mögliche benutzt und es damit völlig sinnlos macht. Hier geht es einzig und allein um eine schlichte sachliche Aussage: Dieser Herr hat Hausverbot. Er hat zu fragen, ob er seine Tasche herausholen darf. Das ist alles, und das ist doch nicht so schwer verständlich? Oder?

War es die nasale Zurechtweisung des Aufsehers des Schließfachaufsehers, der mich über das Absurde belehren wollte, oder war es diese in eine Frage gekleidete Unterstellung, mir fiele das Verstehen schwer, was er ja noch mit einem Oder hervorgehoben hatte, vielleicht war es aber auch diese demonstrativ zur Schau gestellte Ruhe, die so provozierend wirkte, weil wir beide, Steiner und ich, schon recht erregt waren, jedenfalls hörte ich mich plötzlich laut sagen, nein, es war eher ein Brüllen: Über das Absurde diskutiere ich nicht mit Ihnen und schon gar nicht darüber, was schwer verständlich ist. Haben Sie mich verstanden?

Spätestens an dieser Stelle hätte meine Frau, wäre sie dabeigewesen, vermittelnd eingegriffen, aber neben mir stand Steiner, und Steiner brüllte: Das Kontrollieren von Schließfachkontrolleuren gebe ihm nicht das Recht, uns dummdreiste Ratschläge zu geben.

Warum schreien Sie denn so? fragte der Kontrolleur, und er fragte das so ruhig, so provozierend gelassen, daß ich mir im nachhinein ganz sicher bin, der Mann mußte eine professionelle Schulung durchlaufen haben, mit Atemtechnik, Konzentrationsübungen, aggressiven Fragen, die, mit einem verbindlichen Lächeln vorgetragen, nur um so provozierender wirkten.

Es war der Augenblick, als die Polizisten auftauchten und alles weitere sehr schnell ging: Ich sah den Hund, einen großen deutschen Schäferhund, er trug einen Maulkorb, aus einem Drahtgeflecht, wie Steiner erzählt hatte. Der Beamte löste mit zwei gezielten Griffen den Korb. Das Tier knurrte, nicht wild, eher betont sachlich, so als wäre auch es polizeipsychologisch geschult worden.

Bitte, sagte der Kontrolleur und faßte mich am Hemdärmel, verlassen Sie sofort den Bereich der Schließfächer. Hiermit erteile ich Ihnen Hausverbot.

Nehmen Sie die Finger weg! Ich wollte die Hand wegwedeln, es wurde aber ein heftiger Klaps, nein ein Schlag daraus, und auch die andere Hand, die nach mir griff, mein Hemd zu fassen bekam, wollte ich wegschlagen, mit einer jähen Wut, einer aufsteigenden Hitze, nein, einer regelrechten Explosion, die den ganzen Körper erfaßte, nach außen drängte, in einer wilden, ganz unbeherrschten Bewegung schlug ich um mich.

Loslassen, fassen Sie mich nicht an! In einer energischen Drehung sah ich kurz Steiners Augen, erstaunt, fassungslos sahen sie mich an. Ich hörte ihn, seine Stimme, betont ruhig, komm, Mensch, laß die, hat keinen Zweck. Nur Bruchstücke verstand ich. Verstand, daß er mich beruhigen wollte. Aber ich konnte mich doch nicht vor gut fünfzig, sechzig und noch mehr Neugierigen wie ein dummer Junge vorführen lassen, zumal ich nichts getan hatte: Pfoten weg, brüllte ich. Ich zahle Steuern.

Das hier ist Privatwirtschaft, sagte der Schließfachaufseher, der mein Hemd losgelassen hatte, wohingegen sich der Griff am rechten Arm verstärkte. Ich brüllte: Ich erstatte Anzeige, aber da wurde mir der rechte Arm umgedreht, so daß ich aufschrie vor Schmerz, ich ging tief gebeugt aus dem Kreis der Neugierigen hinaus, so als müßte ich mich vor den beiden Schließfachaufsehern verbeugen, auch vor all den anderen Neugierigen, die dastanden, grinsten oder mich auch nur mit fassungslos blöden Gesichtern anstarrten, vermutlich Italiener und Holländer, die jetzt dachten, ein Taschendieb sei gefaßt worden. Bravo! München ist doch die sicherste Millionenstadt. Steiner ging nebenher, in jeder Hand eine Reisetasche, er redete auf mich ein, sagte, ich solle nicht gegendrücken, weil die dann nur um so stärker den Arm umdrehen, sagte, ich solle die Nerven behalten, einfach ruhig bleiben, tief durchatmen. Ich ächzte: Anzeige. Ich versuchte mich aus diesem Griff herauszudrehen, was verkehrt war, total verkehrt, denn der Arm wurde immer weiter nach hinten und nach oben umgedreht, so daß ich noch tiefer gebeugt gehen mußte, der linke Arm berührte fast den Boden. Ich hätte mir nie vorstellen können, daß dieser Griff derart schmerzhaft ist.

Steiner, er lief gebückt neben mir her, sagte: Mensch, ich muß meinen Zug bekommen. Ein Freund wartet. Bei dem wohn ich. Verstehst du, ich muß sonst in eine Pension. Ich muß fahren. Tut mir leid. Ich ruf dich an. Ich ruf von Berlin an. Ich sag Bescheid, damit sich deine Familie keine Sorgen macht. Tritt nicht nach ihm, sagte er noch, bei diesem Griff kommst du nicht an seine Beine ran. Wir können klagen, sagte er, und dann spürte ich in der herunterhängenden linken Hand etwas, etwas Weiches, Rundes. Die Salami. Er hatte mir die Salami in die Hand geschoben. Er blieb stehen, seine Beine, die beiden Taschen verschwanden aus meinem Blickwinkel.

Mach's gut, rief er mir nach.

Und da, sonderbarerweise, ließ auch meine Gegenwehr nach, der Polizist, der mir mit dem Polizeigriff den Arm auf den Rücken gedreht hatte, gab nach. Erschöpft und willig ging ich mit.

Eine Wendegeschichte

Hätte nicht viel gefehlt, und ich wär Millionär. Tatsache.

Er trägt ein ausgewaschenes schwarzes T-Shirt mit einem schwach rötlichen, kaum noch lesbaren Aufdruck: Red Cross. Die Haare hat er im Nacken zusammengebunden, vorn sind sie etwas schütter, mittelblond, so um die Dreißig wird er sein. Er steckt den kleinen Finger in den Flaschenhals und läßt ihn plopp machen, dann trinkt er. Das Bierglas steht unbenutzt neben der Vase mit den Plastiknelken.

Hat man, einmal im Leben, sone Schangse, weiß man auch gleich, jetzt oder nie wieder, Enten oder Weder, sagt er und singt die Vokale so lang aus, wie man es im Osten von Hamburg hört. Barmbek?

Nee, Hamburg Horn, aber jetzt komm ich aus München, hab ein Auto überführt, von Hamburg nach München. Mach ich jede Woche, manchmal zweimal, manchmal dreimal. Komm überall hin:

Köln, Stuttgart, München. Aber auch in die letzten Käffer. Ein guter Job. Bringt Kohle, und ich hab ne Menge Zeit.

Und sonst, ich mein, was machen Sie sonst?

Studier noch, so nebenher an der Fachhochschule, Ausbildung zum Verwaltungsbeamten, er lacht, natürlich nur so, wegen der Krankenversicherung.

Und der kleine Finger macht im Flaschenhals wieder plopp. Zwischendurch hab ich auch mal ne Ausbildung als Physiotherapeut gemacht, war aber nich mein Ding, muß man viel altes Fleisch durchwalken, also nee.

Plötzlich, für einen Augenblick, erscheint eine kleine grüblerische Falte auf der Stirn. Er blickt aus dem Fenster.

Draußen flammt ein Rapsgelb zum Himmel und wird im Nu von der nächsten Tunneleinfahrt verschluckt.

Und die Millionen?

Er nimmt einen kräftigen Schluck aus der Flasche, unterdrückt einen Rülpser: Also, dann, und nimmt noch einen Schluck, im Juli, an einem Freitag, kam ein Anruf, kannste einen LKW nach Polen fahren? Einen Tag hin, einen Tag Aufenthalt, einen Tag zurück, alles in allem drei Tage, gut bezahlt, Sonderpreis mit Gefahrenzulage, hat der Typ am Telefon gesagt und dann noch so einen Witz gemacht: Egal, wohin du fährst, Tabak oder Fensterkitt, im Osten fährt immer die Mafia mit.

Also, wieviel?

1500 Mark.

Ne Menge Kohle für drei Tage.

Okay.

Der Mieter wartet: Montagmorgen, 8 Uhr. Auf der Peute, an der Shell-Tankstelle.

Ich hab den LKW-Führerschein, klar, hatte aber bis dahin noch nie einen so großen Kastenwagen gefahren. Ein richtiger Umzugslaster, mit nem aufgemalten Bungalow, also Fenster und so, alles bunt, und ne Frau im Morgenrock, die hinter der Gardine vorguckt. Total beknackt, wurde dann auch bei jeder Ampel angepflaumt, wohin's denn geht, mit dem Wochenendhaus und der Frau drinnen. Und ob ich weiß, daß meine Alte da nackt nach Lovern Ausschau hält. Und dann die Gangschaltung, mußte erst mal üben, Rückwärtsfahren, Einparken. Dann bin ich los, über die Elbbrücke, zur Peute, zu der Tankstelle.

Aber auf der Tankstelle ist niemand zu sehen, nur zwei Frauen. Eine Schwarzhaarige und ne Blonde. Die Blonde groß, ganz schön üppig, also hier.

Er hält die Hände mit weit gespreizten Fingern vor die Brust, was mir ein wenig peinlich ist, denn am Nebentisch hört uns eine junge Frau zu, während ihr älterer Mann gelangweilt aus dem Fenster blickt. Die beiden sind, vermute ich, verheiratet. Jedenfalls drehten sie vorhin noch stumm ihre Eheringe.

Die Blonde hatte so'n kurzen Rock an, ne schwarze Ochsenhaut, die mächtig in die Schenkel kniff, und schwarze hochhackige Stiefel bis übers Knie, Nutten, hab ich gedacht, die nach Hannover zur Messe trampen. Mann, wenn du jetzt nicht nach Polen müßtest. In dem Moment winkte die Blonde, und beide hoben ihre Taschen hoch, kamen zum Wagen rübergelaufen. Ich wollte schon sagen: Tut mir leid, da sagte die Blonde: Na, hat ja prima geklappt.

Die andere sah aus wie ne Türkin, schwarze Haare, schwarze Augen, und hatte so'n blaues Seidenfähnchen mit weißen Punkten an, sehr kurz, und dann fuhr noch der Wind drunter. Tolle Beine, und ich hab gedacht, he Alter, das kann ja bunt werden.

Die beiden klettern rein. Die Blonde setzt sich neben mich, die spricht deutsch, sehr gut, aber mit so nem Ostdialekt, ich heiß Vera, sagt sie, und bin Polin.

Gumbi, sag ich, ist mein Künstlername. Wohin soll's denn gehen?

Nach Polen.

Und wo da?

Erst mal Richtung Warschau, sagt die Blonde, wirste dann schon sehen.

Wir fahren los, und jedesmal, wenn ich schalten will, muß die Blonde ihre Beine etwas anheben – der Rock kneift wirklich mächtig in die Schenkel.

Er steckt abermals den kleinen Finger in den Flaschenhals, läßt ihn plopp machen, dann trinkt er, sein Adamsapfel arbeitet gleichmäßig.

Die Schwarzhaarige war übrigens keine Türkin, sondern ne Georgierin und hieß Lisaweta. Die Blonde holte ein kleines Kissen aus der Reisetasche, steckte es zwischen sich und die Schwarzhaarige, und dann legten die beiden ihre Köpfe so abgepolstert aneinander und schliefen auch gleich ein und schnorchelten so still vor sich hin, richtig rührend. Hatten wohl ne harte Nacht hinter sich.

Hinter Berlin wachen sie wieder auf, gucken etwas trübe aus der Wäsche. An einer Brücke ein Reklameschild noch aus Ex-DDR-Zeiten: Plastefabrik.

Plaste, ein bekloppptes DDR-Wort.

Im Gegenteil, erklärt die Blonde, das is das richtige Wort, is deutsch, Plaste, dreißiger Jahre, haben die Deutschen erfunden. Plastik is Englisch.

Haben Sie inner Chemiefabrik gearbeitet?

Nee, war Lehrerin, für Deutsch, in Polen.

Und jetzt?

Putzfrau, schon seit sechs Jahren, bei einem Architekten in Hamburg. Verdiene im Monat mehr als früher das ganze Jahr als Lehrerin in Polen.

Logo.

Wieso Logo?

Nur so. Wollt ihr umziehen?

Die Blonde sagt nur einsilbig: Nee. Und dann, nach ner kleinen Pause: Wir wollen was abholen. Mehr sagt sie nicht.

Und was macht die?

Is Friseuse, arbeitet in Hamburg, kommt ins Haus und schneidet den Leuten die Haare, färbt auch, hat im Theater von Tiflis gelernt. Ne ausgebildete Theaterfriseuse, kann sogar künstliche Bärte machen. Und Perücken. Schneidet geil. Vera guckt mich so von der Seite an. Beim ersten Mal, sagt sie, komm ich mit und übersetze, wie es die Leute haben wollen.

Sie redet auf die Schwarze ein. Was ist das für ne Sprache? Russisch. Haben beide in der Schule gelernt, die eine in Polen, die andere in Georgien. Die Schwarzhaarige fixiert mich, nickt, sagt was. Und Vera übersetzt: Sie will dir die Haare schneiden, kostenlos. Sie lacht. Macht sie nicht bei jedem. Dein Schwanz ist out. Sie übersetzt das ins Russische, und beide lachen dreckig.

Ich hasse Haareschneiden, hab aber gesagt, okay, mal sehen. Die beiden Frauen sangen was Russisches, und die Schwarzhaarige, die so ganz klein und zierlich ist, hatte ne Stimme, also grottentief. Die beiden sangen wie die Donkosaken, zwei Stimmen, aber mit diesem tiefen Bim Bom. So gings durch die Ex-Zone, ganz munter, zur Oder, zur Grenze. Eine Warteschlange, endlos, ein LKW hinter dem andern. Drei Stunden Wartezeit. Die Sonne schien. Wieder diese dummen Witze.

Kommt ihr aus Rammelhausen? Welche BH-Größe hat denn die? Fröhliches Ostereiersuchen, wobei nicht klar war, meinten die Vera oder die aufgemalte Frau. Vera jedenfalls machte den da. Er zeigt den Stinkefinger.

Wir standen in der Warteschlange. Einige Fahrer spielten Karten, andere sonnten sich, hatten Liegestühle mitgebracht und sonnten sich, und da hat diese Vera mich bequatscht, soll mir doch die Haare schneiden lassen. Ist immer noch nicht ganz nachgewachsen, hinten. Also gut. Ich saß auf der Leitplanke an der Autobahn, und Lisaweta schnitt, schnell, gekonnt, griff mir so in den Nacken und so ans Ohr, ganze Büschel, zack, ab, wehte der Wind weg. So, fertig.

Ich guck in den Rückspiegel und denk, ich werd nicht mehr. Sah aus wie ein Sparkassenangestellter. Hab ja etwas dünnes Haar, aber doch lang, hatte sie ganz kurz geschnitten. Konnt mich selbst nicht wiedererkennen. Ein deutscher Zöllner kommt, prüft die Wagenpapiere. Laßt euch mal drüben nicht den Wagen unterm Hintern wegklauen, sagt der und winkt uns durch. Drüben kontrolliert ein polnischer Grenzer, dreht alles dreimal hin und her, angeblich stimmen die Papiere nicht. Is sofort klar, der will ein Bakschisch. Die Vera ist eisern. Ein Energiebündel, einfach unglaublich. Sie klettert aus dem Wagen, steht da, aufgebockt auf diesen stämmigen Beinen, in Stulpstiefeln, wie ein Dragoner, einfach geil, ein Wahnsinnsweib, und staucht den polnischen Zöllner zusammen, bis der eine erschöpfte Geste macht. Wir dürfen durchfahren. Ich denke, wenn ich die als Lehrerin gehabt hätte, nein auch, nicht auszudenken. Frauen haben keine Ahnung, was einem so durch den Kopf geht, in der

Pubertät, und später sowieso nicht. Also Vera klettert wieder rein, sagt, sie hat dem gesagt, ein polnischer Patriot erpreßt keine Polin. Soll er doch die Russen abzocken, aber klar, sie hat natürlich gesagt: die Deutschen.

Stundenlanges Gezuckel durch Polen, Pferdewagen, Fahrräder mit Drahtspiralen als Reifen, Dreckschleudern, hatte ich noch nie gesehen, und dann nachts, ich war wirklich am Ende, kommen wir in so ein kleines Kaff. Vera sitzt mit der Nase an der Windschutzscheibe, starrt in die Dunkelheit, dirigiert mich, da, da, wir schaukeln über Feldwege, da abbiegen, dann kommt ein Bauernhof, ich fahr auf den Hof, beleuchtet, zwei, drei Feuer brennen da, über einem hängt ein Schwein, an langen Tischen sitzen Leute, andere tanzen. Los, hup mal! Weiter. Mehr, los! Leute kommen rübergelaufen. Lisaweta steigt aus, dann Vera, und die wird umarmt, was heißt umarmt, die drücken sie, küssen sie ab, wirbeln sie rum. Ich steig aus, steif, völlig fix und foxi. Die führen mich zum Tisch, vollgestellt mit Tellern, Gläsern, Flaschen, Brot, wir bekommen einen Wodka, ein Wasserglas voll, noch eins und noch eins, das entspannt, sagt Vera, die drei wegkippt wie nix. Ich dachte immer, is übertrieben, ich mein, das mit dem Saufen, nee, stimmt, die Polen kippen das weg, auch die Frauen, unglaublich, was die vertragen. Ich vertrag ja normalerweise ganz schön viel, aber jetzt, nix gegessen, ganzen Tag hinterm Steuer, mußte mich plötzlich hinlegen, auf eine der

Holzbänke, konnte einfach nicht mehr sitzen. Haben sie mir ein Teil vom Ferkel abgesäbelt. Ne Kapelle spielte Polka, Geige, Schifferklavier und ein Baß. Vera füttert mich, meinen Kopf auf dem Schoß, und sie sagt: Is ne Kindstaufe.

Dann kommt einer, macht ne höfliche Verbeugung. Ich muß den Kopf heben, Vera steht auf und packt den Typ und walzt los.

Wie der die anglotzt, scharf wie Nachbars Lumpi, der will da ran, die Hand auf dem Hintern, auf diesem Ochsenlederschurz. Ich wollte ihm eine in die Fresse hauen. Stand auf, mußte mich aber gleich wieder setzen. Und schon wieder wollte einer mit mir anstoßen. Darfst nicht nein sagen. Meine Güte, Alter, denk ich, als diese Vera auf mich zusteuert, mich auffordert, mir schießt das Glück heiß in den Kopf. Hatte also den anderen stehen lassen. Sie führt, was heißt führt, ich muß mich an sie klammern, nein, sie hält mich fest, die ist so groß wie ich, also gute einsachtzig, und dann. Er unterbricht sich, macht eine fahrige Bewegung vor der Brust, blickt aus dem Fenster, schüttelt nachdenklich den Kopf, blickt schwärmerisch hoch und den Kellner an, der sofort fragt, ob er noch einen Wunsch habe.

Ja, noch'n Pils, bitte.

Dieses Weib, nein auch, wirbelt mich rum, rechts und links, immer wieder rechts, alles dreht sich, nicht wegsehen, sagt sie, blick mir in die Augen, hörst du, nur in die Augen, mir in die Augen. Und was sind das für Augen, blau, knallblau, durchsichtig, dann plötzlich is die Musik weg, und ich wär glatt hingeschlagen, hätt die mich nicht festgehalten, was für ne Frau, lag ihr in den Armen, ging etwas in die Knie, legte den Kopf an den Busen, wie in ein Federkissen.

Mensch Vera, sag ich, und sie fällt mir sofort ins Wort und sagt: Sag mir nix über meine Brust und nix über Hintern. Verstanden!

Ja, aber warum denn nicht, dann so, hier?

Hat sie mich einfach losgelassen, bin ich sofort in die Knie gegangen.

Er bekommt das Bier hingestellt, der Ober sieht mich an, aber ich schüttle, noch bevor er fragen kann, den Kopf.

Danke, das Glas brauch ich nicht.

Die Sülze kommt gleich.

Nix da, hat sie gesagt, guckte mich an, aber nicht reden. Verstanden? Und dann hat sie mich wieder hochgezogen.

Okay. Aber ich muß reden, verstehst du, und dann, ja ich war wirklich hinüber, oder auch nicht, vielleicht zum ersten Mal ganz klar im Kopf, jedenfalls hab ich ihr einen Heiratsantrag gemacht. Ich will dich heiraten, sofort. Können Sie sich das vorstellen. Hab nie in meinem Leben einen Heiratsantrag gemacht. Nicht mal dran gedacht. Aber da, in so einem kleinen polnischen Kaff, hab ich dieser Frau einen gemacht, mich sogar hingekniet, dramatisch. Heirate mich.

Ich bin katholisch.

Na und? Werd ich eben katholisch.

Komm her, sie nimmt mich in die Arme, und ich versinke, bin weg, und dann wurde mir der Boden unter den Füßen weggezogen, war der Martin Luther, glaub ich. Hörte noch ne Stimme, klar, Dr. Martin Luther, bin ja getauft und konfirmiert worden, Konfirmandenunterricht, in einem Raum mit Lutherbild an der Wand, netter Pastor, bin dann allerdings ausgetreten, und jetzt sah ich ihn, den Martin Luther, der Irrsinn, schwebte dick wie ein Engel und hatte ne Hühnerkeule in der Rechten. Dann der Filmriß und Black Box. Eigentlich schade.

Jemand muß mich die Treppe raufgetragen haben. Hab nix gehört, nix gesehen, rein gar nix.

Wachte morgens auf, wurde wachgerüttelt, von einer Stimme, Gott: Los! Hoch! Wir müssen los. Ja, ich dachte, die Stimme schüttelt mich. Veras Stimme. Mein Gott, ich hatte einen Kopf, war wie entzündet, tat weh, irrsinnig, hatte das Gefühl, das macht gleich bomm, und dann is er geplatzt. Ne Thomapyrinschorle, das wär's gewesen.

War was?

Wieso? Und dann sagt sie noch: Los, los.

Ich halt den Kopf unter das kalte Wasser, trinke eine Tasse Kaffee, extra stark, draußen auf dem Hof, der Tisch, die Gläser, Teller, Schüsseln, am Boden: Salatblätter, Knochen, Köter liegen da, knacken Knochen. Ich denke, jetzt geht's daran, die Bauernschränke einzupacken, aber was sagt die Blonde: Wir müssen los.

Wohin?

Fliegerhorst.

Was?

Ja, Fliegerhorst, hat sie gesagt. So ein ausgefallenes Wort. Denke, hat sie vorher im Wörterbuch nachgeschlagen.

Sie zieht den schon eh kurzen Rock hoch und klettert mit ihren Stiefeln in die Fahrerkabine, und Lisaweta, stark geschminkt und wieder in so einem kurzen Seidenkleidchen, diesmal tiefschwarz, steigt ein, Beine, Beine. Und da geht mir ein Licht im dösigen Kopf auf: Was ich da fahre, ist ein Puff, ein fahrbares Bordell: Darum ist der Kasten angemalt wie ein Haus, darum die Frau im Morgenmantel, die hinterm Vorhang rausguckt. Die haben da keine Bauernschränke geladen, sondern Matratzen. Und jetzt geht's los zu den hungrigen Fliegersoldaten. Was einem da so alles durch den Kopf geht. Ist da was passiert gestern nacht, ich mein, nach dem Filmriß, frag ich mich. Der Saal dunkel, na ja. War richtig traurig, ja, und gleichzeitig auch sauer und dachte: Hoffentlich haste dir nix geholt, nachts, wenn denn. Aber vor allem, ich mochte die, ehrlich, die gefiel mir, die Vera, ja, ich war scharf auf die, richtig scharf, ein wahnsinniges Weib. Der Gedanke, daß die jetzt da zum Bumsen antraten, hat mich doch ziemlich sauer gemacht, nicht gerade wütend, werd ich eigentlich nie, und schon gar nicht mit so einem Kopp, aber sauer schon. Ich fahr, die Augen brennen, der Kopf ne einzige brennende Wunde. Und die beiden sind auch ruhig. Kommt ja harte Arbeit auf die zu. Die Schwarzhaarige hat eine kleine schwarze Aktentasche, gutes Leder. Hatte sie vorher wohl in der Reisetasche. Diese Lisaweta sieht so richtig seriös aus, richtig edel nach Bank und Business. Gibt ja Männer, die so was anturnt, wahrscheinlich gerade unter Russen. Na, und meine Vera – solider Provinzstrich, sagen wir mal Hannover, Messe. Was für die etwas einfacheren Gemüter wie mich.

Vera schweigt, dirigiert mich durch Handzeichen, stumm, nach rechts, nach links, geradeaus. Dann ein Stacheldrahtzaun, ein Schlagbaum, ein Wachhäuschen, davor zwei russische Soldaten, mit Stahlhelmen und MPs. Ich muß halten. Die beiden Frauen klettern raus, den russischen Wachen direkt vor die Nasen, Mann, die machten vielleicht Augen, solche Stielaugen, hob denen fast die Stahlhelme vom Kopf.

Ein Unteroffizier kommt, geht wieder, wohl um zu telefonieren, kommt wieder, hebt die Schranke hoch, wir fahren zu einem flachen Gebäude. Kommt ein Offizier raus, Oberst oder so was, kommt näher, da erkenn ich den Mann, ist der Mann, der gestern mit Vera getanzt hat, bevor sie mich geholt hat, bevor ich zu Boden gegangen bin.

Die begrüßen sich ganz freundlich, die reden. Ich kann nur sagen: Kann nit verstan, kommt noch ein Offizier, Major, denk ich. Alle vier reden, schütteln die Köpfe, reden. Preise natürlich. Die beiden

Frauen, klar, die sind nix für Mannschaftsdienstgrade, die sind was für Offiziere, vom Major aufwärts, denk ich, so wie die beiden aussehen, zwei Extremtypen, wie bestellt, je nach Wunsch, die eine, Typ Kindfrau, zerbrechlich, die Beine so schlank wie die Arme der anderen, also von Vera, der Typ, der in der Morgenpost inseriert: Blondes Vollweib: BH 90, mit zwei Ausrufungszeichen dahinter.

Wieder schütteln die Offiziere den Kopf. Klar, billig sind die nicht, denn nun schüttelt Vera den Kopf. Meine beiden wollen natürlich Anzahlungen haben. Dann öffnet diese Lisaweta ihre Tasche und läßt die beiden Offiziere einen Blick reinwerfen. Sonderbar. Die nicken und gucken anerkennend, nein gierig, nein geil, megageil. Hat sie da das Sturmgepäck gezeigt, die Präservative? Gute westliche Ware. Oder Sadogerät. Aber so klein? Ich mein, daß all die heißen Sachen in so ne Aktentasche passen. Vielleicht so was mit Strom, Elektronik, extra für die Fliegertruppe, oder eher was Altertümliches: Spanische Fliege oder so. Quatsch, denk ich, nee, is der Wodka, der hängt dir noch immer wie eine nasse Wolke im Kopf.

Komm, sagt Vera zu mir, jetzt wart mal hier.

Ich muß aussteigen. Dafür steigt der Major ein, dann der Oberst, dann die Vera, die zarte Lisaweta, sitzen da zu viert drin. Der Major fuhrwerkt in den Gängen herum, daß es nur so kracht, der Laster macht einen kleinen Satz und noch einen, und so bockig entfernt sich der Bungalow.

Ich setz mich auf eine Bank unter einer Birke, rauche und beobachte eine Staffel Migs, die gerade startet, ein irres Dröhnen. Nach einiger Zeit kommt eine andere Staffel und landet. Dann startet eine einzelne Mig, schraubt sich in den Himmel, fliegt ne Schleife, kommt zurück und landet wieder. Der wachhabende Offizier kommt mit einem Glas Wodka. Nicht so früh, nicht nach dieser Nacht, nicht mit diesem Kopf, der is nur noch Hackepeter. Ich schüttle den Kopf. Er lacht verlegen. Genehmigt sich selbst das Glas. Hoffentlich trinken die bei den strategischen Atomwaffen nicht so viel. Ein Soldat bringt mir eine Dose mit Anchovis, wahrscheinlich, jedenfalls so kleine Fische, gnadenlos salzig, dazu etwas Brot. Ich esse diese Fischchen, esse etwas Brot. Der Soldat bringt mir einen Blechbecher mit Kaffee, etwas labberig, aber tut gut, er bringt mir eine Decke, rollt sie zusammen, bedeutet mir, ich soll sie als Kopfkissen benutzen, mich auf der Bank langlegen. Diese Russen, nee, so was von herzlich. Muß man sich mal vorstellen, ein Russe käm zu ner Bundeswehrkaserne. Würden sie doch gleich festsetzen.

Irgendwann bin ich eingeschlafen und muß gute zwei Stunden geschlafen haben. Wurde von Vera wachgerüttelt: Los, wir müssen, los.

Die beiden verabschieden sich von dem Oberst und dem Major, kurze Umarmung, keine Küsserei, klar, das gehört nicht zum Geschäft. Die beiden Offiziere ganz locker, ganz munter, ganz entspannt.

Was Wunder. Sie schlagen mir freundschaftlich auf die Schulter.

Ich steige ein, fahre los, eine Kurve, alle, auch die Posten, winken.

Ich guck die beiden Frauen von der Seite an, sehen ganz tipptopp aus, die Schminke nicht verschmiert, sind auch nicht sonderlich rot im Gesicht, haben das also alles ganz cool über sich ergehen lassen. Im Rückspiegel seh ich die Soldaten noch immer winken, aber die beiden Frauen blicken nur geradeaus.

Was mir sofort auffiel, beim Anfahren: Wir hatten ne Menge geladen. Der Wagen zog nur langsam an, hing schwer auf den Achsen.

Welchen Goldschatz habt ihr da geklaut?

Kennst du das Märchen von dem Topf mit dem Gold? Ist ein polnisches Märchen.

Kenn ich, sage ich, gibt es auch in Deutschland. Was ist im Topf? Munition?

Quatsch.

Was denn?

Einen Moment blickt sie mich richtig feindselig an: Mußt nicht alles wissen.

Na hör mal, ich fahr die Kiste, muß ich doch wohl wissen, was drin ist.

Hast ja Zeit, weiter zu raten.

Wenn wir durch eins der Schlaglöcher fuhren, klapperte es.

Metall? Metallbetten?

Du hast ne ziemlich schmutzige Phantasie, mein Lieber.

Na, ich wußte, in Berlin wurden gerade die Blechspinde der Roten Armee verscheuert. Sind sehr gefragt, eben weil so ganz einfach, wie von nem italienischen Designer entworfen. Blechspinde?

Das is schon heißer, sagt Vera.

Dann redet sie mit dieser Lisaweta. Die beiden lachen, also denk ich, wenn das Amateurnutten sind, dann können die ganz schön was wegstecken. Derart unberührt. Andererseits, was haben die für einen Deal gemacht? Das ist Metall, was da klappert.

Er grinst, schüttelt den Kopf. Er blickt kurz aus dem Fenster, hinter dem jetzt die Mainlandschaft vorbeigerissen wird, darüber der Himmel, ein paar Wolken, bis wieder ein Tunnel alles verschluckt.

Ich fuhr, und die beiden saßen jetzt stumm da, und man merkte, die waren natürlich doch geschafft, hatten ja noch weniger geschlafen als ich. Lisaweta nickte dann auch bald ein. Manchmal dachte ich, jetzt reißt es ihr den Kopf ab, immerhin ne polnische Landstraße, aber dann kam sie jedesmal wieder hoch, mit so einem kleinen Schreckschnarcher. Die Vera ist nicht eingeschlafen, im Gegenteil, jedesmal wenn ich einnickte, hat sie mir einen Schlag auf den Oberarm gegeben. Hatte später einen richtig blauen Fleck an der Stelle. So kamen wir zur Grenze, gegen Abend, und ich war schon ganz fickerig, wollte sehen, was die geladen haben.

Auf der polnischen Seite: Ne Dollarnote, und wir wurden durchgewunken. Dann aber die deutschen Grenzer, die prüfen doch, die nehmen den Wagen auseinander, und ich denke noch, hoffentlich ist da auch alles okay. Hatte natürlich einen ganz schönen Bammel – und die beiden Frauen auch, sah man, nervös waren sie, wie meine Vera rauchte, und diese Lisaweta an ihrem kurzen schwarzen Kleidchen herumzupfte.

Der Zöllner kommt, noch ganz DDR-Schnauze: Aussteigen. Papiere und so. Wir müssen mit ihm nach hinten gehen, zur Ladeluke. Ladeluke öffnen. Und da, ich denk, ich werd nicht mehr, die ist versiegelt. Ein rotes dickes Siegel. Tatsache, die kleine Schwarze zeigt einen Ausweis, und was für einen, einen Diplomatenausweis, rot, Diplomatengepäck, aus Georgien, Kirgisien, ich weiß nicht was. Der Zöllner prüft: Das Siegel stimmt. Die Papiere auch. Der Zöllner plötzlich ganz freundlich, prüft Nummern und so, dann werden wir durchgewunken. Nicht einen Blick in den Wagen.

Rußland ist das Land der unbegrenzten Möglichkeiten.

Was ist denn da drin?

Wirste schon sehen.

Gleich hinter der Grenze soll ich halten. Vera geht zu einer Telefonzelle, kommt wieder, steigt ein, wir fahren los. Sie sagt nix. Lacht aber. Die beiden sind so was von fidel, lachen, reden auf Russisch, singen, wieder zweistimmig, wieder wie der

Donkosakenchor. Lisaweta holt eine Flasche georgischen Cognac raus. Ich will auch einen Schluck.

Nix da, sagt Vera, wir sind nicht in Polen, du mußt fahren, dann haucht sie mich an, gibt mir einen Kuß mit Fahne, ganz vorsichtig und sehr zart, als Ersatz, sagt sie.

Wofür?

Tja.

Dann kommt ne Raststätte.

Fahr mal da raus. Vera zeigt, wo ich den Laster parken soll.

Ich bin so was von kreuzlahm, kletter wie ein Rentner aus dem Wagen. Wir gehen zu dem Rasthaus rüber, ein Mitropa-Laden aus DDR-Zeiten, war ja damals noch nicht umgebaut, also zu kleine Kloschüsseln, am Wasserkasten eine Plastikkette, graugrüne Plastikhähne und ne Toilettenfrau, die wie in guten alten Zeiten jedesmal, wenn einer kam und pinkelte, hinging und den Rand vom Pißbecken abwischte. Grüne Pißsteine im Becken und darüber der Hinweis: Die Steine nicht in den Mund nehmen!

Irgendwie Klasse, wie die Oberen in der DDR immer das Wohl ihrer Arbeiter im Auge hatten.

Ich hab mir dann ein Bier bestellt und noch eins. Die beiden Frauen saßen da und redeten Russisch, jetzt wieder ziemlich angestrengt, wälzten irgendwelche Probleme. Die Fröhlichkeit war verflogen. Vera holt drei Hähnchen, die sich damals noch Broiler nannten. Die beiden Frauen zerpflücken nervös ihre Hähnchenhälften, gucken immer wieder zur Uhr, gucken immer wieder aus dem Fenster, ein paarmal geht Vera sogar raus, auf den Parkplatz, Ausschau halten.

Worauf wartet ihr?

Wirst schon sehen.

Nach dem dritten Bier sagte sie: Nix mehr, du mußt noch fahrn, heute. Dann reden sie wieder russisch, warten, rauchen, immer den Parkplatz im Blick, und plötzlich springt Vera auf. Draußen kommt ein BMW, ein 750er, fährt langsam vor, mit Chauffeur, hält vor dem Eingang, ein Typ steigt aus, so um die Vierzig, blauer Zweireiher, hellblaues Hemd mit so einem gräßlichen weißen Kragen, kommt rein, in diesen Broilerschuppen, schwarze Schuhe, Krawatte mit so'nem Schnickschnack drauf, Foxterrier, Ballons oder Dinosaurier, in der Hand einen Diplomatenkoffer, braun, die beiden Frauen reden hektisch miteinander, russisch. Der Mann hat ein Einstecktuch in der Farbe vom Schlips, die beiden winken ihm. Der Mann spricht Deutsch, mit österreichischem Akzent, und auf der Krawatte sind tatsächlich Dinosaurier. Trinken will er nichts, will auch keinen Broiler haben, will gleich das Objekt sehen, redet immer vom Objekt.

Ist dös Objekt intakt? Fehlen Einzelteile am Objekt? Ist dös Objekt einsatzfähig?

Dachte schon, die Tante am Broilerbrater hätte mir einen KO-Tropfen ins Bier gekippt, verstand immer weniger, wurde immer wirrer, immer abgedrehter. Und dann sagt er, er will das Objekt in Augenschein nehmen. Er sagt das genau so: in Augenschein nehmen.

Wir gehen zu dem Umzugswagen, und dort bricht Vera das Siegel auf, einfach so, und sagt zu mir: Los, mach die Luke auf.

Ich mach die Luke auf und denk, ich spinne, da steht im Laster ein Flugzeug, ein Jagdflugzeug, eine Mig. Die Flügel abmontiert, stehen daneben. Der Rumpf steht da, die Flügel, gut verzurrt in den Bodenringen, Bremsklötze an den Rädern.

Vera sagt: Fliegt tipptopp. Hab es mir vorführen lassen.

Und ich steh daneben und denk, ich träum, ne Mig, der Zoll, wenn die mal nachgesehen hätten, oder jetzt hier, auf der Autobahn ne Kontrolle, nee, Mann, krieg ich jetzt noch weiche Knie.

Der Typ hat so'n richtig geilen Blick, glaubt man nicht, wenn man das nicht gesehen hat.

Flugbereit?

Ja.

Der Mann fummelt rum, holt aus seinem Diplomatenkoffer eine Taschenlampe und steigt ohne Rücksicht auf seinen blauen Anzug in den Laster, leuchtet Schweißnähte und Nietstellen ab, leuchtet in die Turbinen, ganz Kenner, wie man sieht. Er kriecht am Flugzeugschwanz herum. Ruft: Gut, aber wir müssen erst mal nach Bonn. Müssen es meinem Klienten zeigen.

Der Mann sagt doch tatsächlich Klienten, und ich frage, nach Bonn?

Ja, nach Bonn.

Nee, sag ich, ohne mich. Da steig ich aus. Das Ding is mir zu heiß.

Komm! Mach keinen Scheiß. Wir haben Papiere, alles klar, alles in Ordnung. Kein Problem.

Nee, is mir ne Nummer zu groß.

Du hast zugesagt, mein Lieber, aber das Lieber sagt sie so scharf wie ne Domina.

Nein, nicht das, ich hab doch nicht den Wehrdienst verweigert, um jetzt nen Düsenjäger an den Mann zu bringen.

Gibt ne Menge Kohle.

Nee.

Echt viel.

Nee.

Wir teilen, sagt sie zu mir und zu dem Ösi, der gerade aus dem Laster klettert und sich den Staub vom Anzug klopft: Ich kann noch sechs liefern, eine Staffel.

Der Ösi macht seinen Diplomatenkoffer auf und holt eine Kamera raus, klettert wieder in den Laster und fotografiert die Mig. So im Blitzlicht sieht das Ding richtig kalt und gefährlich aus.

Wahnsinn, sag ich.

Wieso? Verschwindet eine Staffel, so was passiert, fehlt bei denen doch alles mögliche, Raketen, Schnellboote, sogar Atombomben, warum nicht ein paar Jagdflugzeuge.

Ich hab keine Lust auf Knast.

Der Ösi klettert wieder vom Laster herunter, verpackt die Kamera im Diplomatenkoffer.

Stückpreis 500.000, sagt Vera.

Gut, sagt der Ösi, über den Preis müssen wir noch verhandeln. Werden wir uns schon irgendwie einigen. Aber erst muß mein Klient noch einen Blick drauf werfen. Und dann natürlich sein Militärattaché.

Er gibt Vera eine Adresse, winkt seinem Chauffeur, gibt uns die Hand, steigt ein und braust davon.

Eine Mig in nem Möbelwagen. Glaubt dir keiner. Und Sie doch auch nicht. Oder? Denken, ist eins dieser Märchen, die Ratte in der Pizza oder so. Ist aber so. Da stand eine Mig im Möbelwagen. Seitdem weiß ich, eine Mig paßt in einen Möbelwagen. Sind gar nicht so groß, wie ich dachte.

Woher kennst du den Typen? frag ich Vera.

Ich hab inseriert.

Inseriert?

Ja, in Zeitungen, ganz einfach.

Gibt's doch nicht.

Warum nicht. Connections, alles Connections, verstehst du, und sie kneift ein Auge zu. Das dicke Geschäft.

Aber nicht mit mir.

Du hast Schiß?

Ja, und wie.

Hör zu, du kannst mit sechs Fahrten ne Million verdienen.

Und wohin soll das Ding?

Bonn. Is ne Botschaft.

Und welche?

Sie zuckt mit den Achseln. Weiß nicht. Vorderer Orient. Kasachstan. Afrika. Was weiß ich, is mir wurscht. Werden wir schon sehen. Nachher. Ist deren Sache. Ich bin nicht das Gewissen der Welt. Minen, nee, das würd ich nicht machen, nie, aber ne Mig, ein Jagdflugzeug ist doch bestens, Jagdflugzeuge können sich doch nur gegenseitig abknallen. Also los, wir fahren denen das Ding in den Botschaftsgarten.

Nee, ich nicht. Mach ich nicht mit.

Du weiches Ei, sagt sie und wird laut und richtig sauer, kriegt voll die Krise. Warum nicht, du Idiot?

Aus Überzeugung, sag ich, außerdem hab ich Schiß, wenn uns die Bullen stoppen, auf der Autobahn, mit ner Mig drin.

Verdammt! Ist doch alles O.K. Ist doch nicht geklaut. Gut bezahlt, Mensch, vi erzigtausend Dollar, alles, was wir uns erspart haben, die und ich, verstehst du. Vier Jahre Arbeit, verstehst du, und dann noch zehntausend Mark geliehen. Ordentlich verdientes Geld. Und was die Russen machen, is doch deren Sache. Die sagen, die Dinger sind kaputt, keine Ersatzteile, oder die Piloten haben sich verflogen, was weiß ich. Los, jetzt fahr!

Ihr habt nen Knall! Ihr seid total durchgeknallt! Und dann hab ich mir meine Reisetasche geschnappt und bin zur Tankstelle rüber.

Vera brüllte hinter mir her: Verschwinde, du weiches Ei! Und melde dich nie wieder! Verstanden! Du Flasche! Du Null!

Ich hab mir eins der Autos, die tankten, ausgesucht, das heißt, ich hab mir die Fahrer angesehen, man kennt die Leute, die einen mitnehmen, hab einen jungen Typen gefragt, ob er mich mitnehmen kann.

Wohin?

Berlin.

Nee, fahr nach Leipzig.

Auch gut.

Hat er einen Moment gezögert, hat mich aber doch einsteigen lassen. Im Vorbeifahren hab ich die beiden Frauen stehen sehen, sagten nix, gestikulierten nicht, standen einfach da, auch die Vera in ihren Stiefeln, neben dem Umzugswagen mit diesem beknackten aufgemalten Bungalow und der Frau im Morgenmantel, die hinterm Vorhang rausguckt. Und drin die Mig. Taten mir in dem Moment richtig leid, standen da, wie zwei verlassene Kinder, die eine in dem kurzen Lederrock, die andere in dem kurzen Fähnchen. Sahen nicht aus wie die großen Waffenhändlerinnen, sondern wie zwei Autobahnnutten. Ich wäre in dem Moment doch noch ausgestiegen, wenn der Typ nicht schon mit Vollgas auf die Autobahnauffahrt zugebrettert wär. Hab mich noch einmal umgedreht. Die beiden standen noch immer da, und sahen uns nach, ganz still, ganz klein. Kam mir vor wie ein Schwein. Verräter, sagte ich mir, Feigling. Die beiden Frauen einfach hängenlassen. Und leid tat es mir vor allem um die Vera und um mich, bin sicher, hätten wir das Ding durchgezogen, ich wär jetzt mit der zusammen, darf ich gar nicht dran denken, ich mein nicht nur das Bett, einfach mehr, alles, wär ne klasse Beziehung geworden, nie langweilig. Hab lange nicht so eine starke Frau getroffen. Einfach Sonderklasse, auch wenn die sicherlich nicht nur mit Putzen ihr Geld verdient hat. Na und, sag ich mir, ist mir egal. Und das war auch klar, die mochte mich. War so was wie Liebe, ja. Aber ich hatte einfach Schiß. Das Ding war einfach ne Nummer zu groß.

Ich bin nach Leipzig gefahren und von dort mit dem Zug nach Hamburg. War ein Ausflug, nix gekostet, aber auch keine müde Mark gebracht.

Der Ober bringt die Sülze, stellt sie ihm hin, sagt: Tschuldigung, hat ein bißchen gedauert.

Noch ein Bier?

Immer.

Er nimmt die Gabel, beginnt zu essen, den Arm bequem auf den Tisch gestützt. Ich versuche, den Titel des Buchs zu lesen, das auf dem Tisch lag, in dem er, als ich mich zu ihm setzte, gelesen hatte. Er hatte es dann aber sofort beiseite gelegt, so als hätte er auf jemanden gewartet, dem er seine Geschichte erzählen konnte. Er hat meinen Blick beobachtet und dreht das Buch um. James Hawes: A White Merc with Fins.

Gut?

Klasse! Er stopft sich mit den Fingern ein Salatblatt in den Mund.

Der Lautsprecher sagt: In wenigen Minuten erreichen wir Kassel. Dann die Zuganschlüsse und so weiter. Das wird nochmals in einem eigenwilligen Englisch mit bayrischem Akzent wiederholt.

Und weiter? Ich muß hier raus.

Documenta, nicht? Er sieht mich mit einem Verschwörerblick an, und dann, nachdem er sich die kleine Salzgurke in den Mund geschoben hat, sagt er: Keine Ahnung.

Was? Haben Sie die nicht wiedergesehen?

Nee. Wie die den Wagen wegbekommen haben? Jemanden von der Tankstelle gefragt? Einen Taxifahrer angerufen? Ich weiß nicht. Hab natürlich bei der Verleihfirma angerufen. Wagen wurde abgeliefert, ne Woche später, auch bezahlt, und er war leer. Das heißt, zwei Stahlteile haben sie gefunden. Sonderbare kleine Teile, so sonderbar geformt, daß mich der Verleiher angerufen und gefragt hat, was wir denn da gefahren haben. Weiß nicht, hab ich gesagt. Nicht gesehen. Hab den Wagen bis Berlin gefahren, dann haben die Frauen mich weggeschickt. Dachte, besser nix gesehen, nix gehört, falls es zu Nachforschungen kommt. Und dann hab ich natürlich die Zeitungen genau studiert, so zwei, drei Wochen. Alle möglichen Zeitungen gekauft. Nichts gelesen von ner Mig. Also, hab ich mir gesagt, die beiden haben es geschafft. Die sind durchgekommen. Ist doch Wahnsinn. Wollte mir natürlich auch keiner glauben, keiner von meiner Clique, haben alle gesagt, Mann, Alter, du spinnst. Wollte wirklich keiner glauben. Sie doch auch nicht. Oder?

Na ja, sage ich und stehe auf, hebe meine Reisetasche von der Gepäckablage.

Sehen Sie, Sie auch nicht. Aber dann hier, nach vier Monaten, hab ich das hier in der Zeitung gefunden, er legt die Gabel beiseite, holt aus der Brusttasche seiner über der Stuhllehne hängenden Lederjacke einen sorgfältig gefalteten Zeitungsausschnitt und legt ihn auf den Tisch.

Lesen Sie mal.

»Osnabrück. Eine polnische Putzfrau wurde wegen Waffenhandels angeklagt. Die Frau hatte mit ihrem Sohn in Polen eine russische Mig gekauft und versucht, das Jagdflugzeug in der Bundesrepublik zu verkaufen. Sie hatte den Verkauf des Jägers in der Rubrik Kleinanzeigen in Zeitungen annonciert. Mehrere Interessenten hatten sich gemeldet, allerdings auch Fahnder des Militärischen Abschirmdienstes. Das Gericht verurteilte sie wegen Zollvergehens zu sechs Monaten Gefängnis. Die Strafe wurde auf Bewährung ausgesetzt.«

Der Zug hält mit einem Ruck.

Wieso Sohn? Versteh ich nicht.

Ich auch nicht. Vielleicht hat sich ja die zarte Schwarze als Sohn ausgegeben, mit Pferdeschwanz und so. Viel Busen hatte die ja nicht. Keine Ahnung.

Is eben ne andere Geschichte. Ich wäre ja zum Prozeß gefahren. Hätt sie gern wiedergesehen, die Vera. Aber wußte ja nix davon.

Er nimmt den Zeitungsausschnitt und faltet ihn wieder zusammen, sorgfältig, wie ein wichtiges Dokument.

Na, fragt er, glauben Sie es nun?

Na ja, sage ich abermals, und nehme meine Tasche.

Warten Sie. Er hebt die Gabel mit einem Stück Sülze in die Höhe und sagt: Das dicke Ende kommt noch!

Einen Moment überlege ich, ob ich nicht einfach bis Göttingen weiterfahren sollte, aber dann bin ich doch ausgestiegen.

Gute Reise.

Ich ging die Rampe zum Ausgang des Bahnhofs hoch, wo ein großes Schriftplakat hing: Politics and Poetics. X. Documenta, und während ich unten den Zug langsam aus dem Bahnhof fahren sah, ärgerte ich mich plötzlich, daß ich nicht sitzengeblieben war, um das Ende der Geschichte zu hören.

Uwe Timm
Kopfjäger

Roman

KiWi 320

Der rasante Aufstieg des Millionenbetrügers Peter Walter vom Fassadenputzer zum Broker und Geschäftsführer einer Anlagefirma, der die Gabe seiner berauschenden Erzählkunst charmant einsetzt, um seine Kunden zu prellen.

»Ein spannender, hintersinniger, genußvoll konsumierbarer, bitterbösheiterer Roman.«

Heinrich Vormweg, Süddeutsche Zeitung

Uwe Timm
Die Entdeckung der Currywurst

Novelle

KiWi 380

Wie schmeckt die Erinnerung? Und wie kommt es zu großen und kleinen Entdeckungen? Der Erzähler will es wissen und besucht eine Frau, von der er glaubt, sie habe die Currywurst entdeckt. Aber zunächst erzählt sie eine ganz andere Geschichte: von ihrem Liebesverhältnis zu einem Soldaten im April ´45. Und dann erweist sich die so alltäglich beginnende Geschichte doch als eine unerhörte Begebenheit ...

»... eine ebenso groteske wie rührende, phantastische wie im konkreten Alltag verwurzelte Liebesgeschichte.«

Die Woche